木戸《きど》の闇坂《くらやみざか》

大江戸番太郎事件帳 十三

特選時代小説

喜安幸夫

廣済堂文庫

目次

四ッ谷絵図
永井肥前守
永井若狭守
森川出羽守
陽光寺
北町
永信寺
毘沙門天
岡部土佐守
正覚寺
長安寺
お岩稲荷
安部摂津守
右馬横丁
長善寺（笹寺）
四ッ谷左門町
四ッ谷左門町木戸
妙行寺
南伊賀町
日宗寺
円通寺
忍原横丁
塩町三丁目
塩町二丁目
四ッ谷忍町
塩町二丁目
四ッ谷伝馬町三丁目
四ッ谷伝馬町三丁目
麦ヤ横丁
真福寺
永昌寺
安全寺
尼寺
知光院
正應寺
法雲寺
渾雲寺
龍昌寺
田安中納言
理性寺
全勝寺
全徳寺
松平摂津守
西迎寺
養国寺
全長寺
自證院門前町
自證院（コブ寺）
門前町
修行寺
道林寺
合羽坂
市ヶ谷片町
市ヶ谷谷町
板倉周防守
安養寺
米倉丹後守
玉川上水
水番屋
内藤駿河守
玉川上水
甲州街道
大木戸
内藤新宿
東京湾
品川
山手線
渋谷
新宿
東京
四ッ谷
中央線
上野
池袋
N

龍谷寺
御駕籠町
円応寺
表町
北町
谷町
宗福寺
南寺町
松平佐渡守
仲町
鮫ヶ橋
戒行寺
西念寺
谷町
鮫ヶ橋
真成院
安楽寺
愛染院
南
東
西
北
伊賀町
伊賀町
伊賀町
四ッ谷御門
四ッ谷伝馬町一丁目
四ッ谷伝馬町新一丁目
麹町十一丁目
麹町十二丁目
大横丁
麹町十三丁目
麹町十三丁目
四ッ谷伝馬町二丁目
四ッ谷伝馬町二丁目
竹町
麹町十一丁目
御箪笥町
御箪笥町
福寿院
伊賀町
伊賀町
御堀
四ッ谷塩町一丁目
伊賀町
四ッ谷塩町一丁目
了覚寺
十三丁目横丁
四ッ谷坂町
四ッ谷坂町
市ヶ谷本村町
法光寺
市ヶ谷本村町
市ヶ谷本村町
尾張徳川家上屋敷
市ヶ谷八幡町
市ヶ谷八幡宮
木戸
自身番
一丁＝約109メートル
一丁
五丁

斬りつけた男

一

木枯らしが春風に追いやられるなか、おミネにとってその日が来るのは早かった。

十二支を日にちにあてはめた七日目は午《うま》の日、それも如月《きさらぎ》（二月）の最初の午の日は初午《はつうま》といわれ、稽古事《けいこごと》や手習い、奉公など、一年の始まりの日とされている。

「まるで、あたしを刺すように走って」

来たのは、天保六年（一八三五）の初午だ。

「さあ。今年で太一《たいち》も十二歳だ」

周囲の言葉も、おミネには辛かった。が、心の奥底では嬉しくもあった。

いつもなら、髪をてっぺんで結んだだけのわらわ頭で、

「――杢《もく》のおじちゃーん」

と、手習い道具をヒラヒラさせながら木戸番小屋に声を投げ、左門町《さもんちょう》の木戸を街道へ飛び出して行く頃合いだ。

だがきょうの太一は、前髪を丸くまとめた丁稚髷《でっちまげ》を結っている。奉公に出るのだ。

街道おもての清次の居酒屋の前に人だかりができている。といっても数人だが、そこに木戸番人の杢之助《もくのすけ》の姿がない。

「――派手な見送りはなあ、かえってよくねえ。いつもの、日常のように、そう、サラリと送り出してやるのが、一番いいのよ」

数日も前から、杢之助は言っていた。

きょうも、いつもとおなじ頃合いに、

「杢のおじちゃーん」

太一は木戸番小屋に声を投げた。

「おぉう、おうおう。一坊！」

と、いつもと違っていたのは杢之助のほうだった。待っていたように腰高障子を引き開け、五十路《いそじ》をとっくに超え六十にも近いという身で敷居をヒョイと飛び越え、

「一坊！」

立ちどまった太一の肩をつかまえ、

「泣きたいときがあれば泣けばいい。思いっ切りだ。それでいいのだ、それでなあ」

「痛！　痛いよ、おじちゃん」

太一は悲鳴を上げた。

市ケ谷《いちがや》八幡町の海鮮割烹《かっぽう》の海幸屋《うみさちや》から迎えに来た包丁人と、太一はいま、清次《せいじ》の居酒屋の前を離れたところだ。見送っていたのはおミネに清次と志乃《しの》の夫婦、それに隣の古着商で栄屋《さかえや》のあるじ藤兵衛《とうべえ》、さらに手習い処の師匠の榊原真吾《さかきばらしんご》と手習い仲間の子供たち数人だった。

奉公先は品川宿《しながわじゅく》の海鮮割烹浜屋《はまや》だ。そう遠くはない。しかも浜屋は海幸屋の女将《おかみ》おセイの実家であり、そのおセイの推挙だから心強い。海幸屋の亭主が妾《めかけ》を囲い、それが盗賊騒ぎにまで広がろうとしたとき、妾宅がなんと左門町だったことから杢之助が闇に走り、事なきを得たことがある。そのときおセイは幾度か左門町を訪れ、清次の居酒屋で太一を見かけている。きょう左門町まで迎えに来た包丁人も、おセイが海幸屋に輿入《こしい》れしたとき浜屋から随《したが》ってきた包丁人で、これを機に品川へ戻り、その下でみっちり仕込まれるのだから、太一にとってはまたとない奉公口だ。

「――請人《うけにん》などいりませんよう」

おセイは言っていたが、それでもおミネが形だけでもと請人を立てた。

おミネは杢之助になってもらいたかったのだ。だが、杢之助は理由《わけ》を話せないまま断わった。結局、請人になったのは四ツ谷《よつや》左門町の町役《ちょうやく》でもある栄屋藤兵衛と、手習い師匠の榊原真吾だった。どこへ奉公に出るにも、遜色のない請人だ。

街道おもてでは、真吾も子供たちも向かいの麦ヤ横丁の手習い処に戻り、栄屋藤兵衛も清次も店に引き揚げ、街道にはすでに荷馬や大八車に往来人が出て一日の始まっているなかに、おミネと志乃の二人がまだたたずんでいた。

「おう、姐《ねえ》さん。ちょいと喉《のど》を湿らしてくんねえ」

「日の出前から歩きっぱなしでよ」

馬子が二人、四頭の荷馬をとめ外に出している縁台に腰をおろした。

「あ、はい。すぐに」

いつもなら太一が手習い処に行くのを街道で見送ってから、縁台の仕事を志乃からおミネが引き継ぐのだが、きょうは特別だ。志乃がそのままつづけ、急いで店の中に入った。居酒屋での朝の商いだ。軒端《のきば》の縁台で一杯三文のお茶を出している。

街道におミネは一人となった。まだ、大小二つの背が点のように見え、ときおり往来人や大八車の陰で見えなくなる。そのたびにおミネは、

「あぁあ」

声に出し、背伸びをする。

(たいちーっ)

叫び、走って追いかけたい衝動に駆られる。一歩を踏み出そうとした。

背後から、

「よしなせえ」

肩を軽く叩く者がいた。

動きをとめ、振り返った。

杢之助だ。太一の背を追い、木戸の陰からソッと見ていたのだ。

「さっきまでは、笑顔をつくっていたじゃないか。おミネさん」

「え、えぇ」

「それが太一への、なによりの餞別《はなむけ》だぜ」

「で、でも……」

おミネは涙声だった。

十日ほどを経た。

「いまごろ太一は……」

数日おミネの口ぐせになっていたのが、さすがに言わなくなり、本来の明るさも取り戻していた。

夜になり、居酒屋の客足が途絶え、おもての軒提灯《のきちょうちん》を下げてから、

「杢さん、お休み」

手に持ったぶら提灯の灯りを頼りに声だけで木戸番小屋の前を素通りし、奥の長屋の路地へ下駄の音を低く響かせて行った。長屋の住人もすでに寝静まっている時分である。以前ならこの時刻、清次の居酒屋での皿洗いと包丁仕事を終え、

「——おじちゃーん」

太一が木戸番小屋の腰高障子を引き開け、おミネも顔をのぞかせ、

「——お休みなさーい」

言っていたのが、いまは戸を開ける者がいない。障子戸の外から、声だけである。

「おおう、お疲れさん」

杢之助も声だけを返していた。そのたびに、

『おミネさん。寄っていきねえ』

喉まで出かかる声を飲み込み、

(すまねえ)

胸中に念じていた。
おミネの忍ぶような下駄の音が、奥の長屋の路地に消えてからすぐだった。
「入んねえ」
杢之助は声をかけた。障子戸の外に、気配が立ったのだ。
音もなく、腰高障子は開いた。清次だ。杢之助より十年ほど若く、体躯《たいく》は二人とも
よく似て筋肉質だ。精悍《せいかん》な表情に、時によっては鋭さが浮かび出る。手に熱燗《あつかん》を入れ
たチロリを提げている。
「春でも、夜はちょいと冷えやすねえ」
言いながら清次はうしろ手で障子戸を閉め、九尺二間のすり切れ畳に上がった。油
皿の炎が大きく揺れる。一日の仕事を終えたあと、清次がチロリを手に木戸番小屋の
すり切れ畳に上がり込むのは、二人だけの季節を問わない風物詩になっている。
「どうする。太一の後釜《あとがま》、誰か入れるかい」
「いえ。太一だから入れてたんでさあ」
「あはは、違《ちげ》えねえ」
二人は向かい合わせにを胡座《あぐら》を組み、あいだには湯飲みが二つ置いてある。清次は
チロリの熱燗を杢之助の湯飲みにかたむけ、

「杢之助さん。おミネさんでやすが、店では気丈にふるまっていやすが、ときおりフッと寂しそうな表情を見せやす」

「そうかい」

杢之助は突き放すように頷《うなず》き、熱燗の湯飲みを口に運んだ。きょうは風もなく、ことさらに静かで、あるのは闇ばかりとなっている。

「あの瞬間の表情。志乃も言ってやしたが、太一を奉公に出したことだけじゃありやせんぜ。分かっておやりなせえ。請人まで断わりなすって。おミネさんの気持ちを」

「清次よ」

「へえ」

「おめえまでそんなこと言うのかい」

「言わせてもらいまさあ」

「馬鹿野郎！」

声は低い。二人が深夜に話すときは、いつもすり切れ畳に這《は》うような、押し殺した声になっている。

「分からねえかい」

杢之助はさらに声を低めた。

「太一をよ、昔の疵《きず》とはいえ、盗っ人の子にできるかい。おミネさんもよお、元盗賊の女房に……。だから、儂《わし》だって苦しいんじゃねえか」

「杢之助さん」

灯芯一本の灯りのなかに、清次は杢之助の皺《しわ》を刻んだ表情を見つめた。

「そういうことだ。これを分かってくれるのは、清次よ。おめえだけのはずだぜ」

「へえ」

清次は短く返し、湯飲みを口に運んだ。

「ま、儂はよう、身に降る火の粉は払いもするが、ともかくこの左門町での日々が平穏無事に……」

杢之助にはこのあと、火の用心の拍子木を打ちながら暗闇の町内をまわり、街道に面した木戸を閉める仕事が待っている。

二

火の用心にまわっている。清次はいましがた帰った。東隣の忍原横町《おしはらよこちょう》に、

「ん？」

気配を感じた。左門町の通りから忍原横丁へ抜ける脇道に入り、拍子木を打とうとした瞬間だった。風もない、物音一つしない。だが、そこに感じたのだ。

（動きが）

余人にはない、李之助ならではの勘だ。左門町と忍原横丁の境になる往還で、李之助がきょうに限ってそこまで足を伸ばしたのではない。いつもの見まわりの範囲だ。通りは左門町の通りと並行して街道から南へ伸び、寺町に突き当たっている。その突き当たりに出る手前の左手にお岩稲荷があり、大きな銀杏《いちょう》の木がそびえ、鋳掛屋《いかけや》の松次郎《じろう》などはよくこの木の下で商売道具を広げ、ふいごを踏んでいる。もう一本東側の通りが忍原横丁で、その通りが寺町に突き当たったところに自身番があり、忍原横丁だけでなく左門町の町役も詰めており、深夜も灯りが消えることはない。だが、二つの町の境となる手前の通りは飲食の店もなく、日暮れとともに灯りといえば、ときおり通る屋台の灯りか李之助のぶら提灯ばかりとなる。

（気のせいか）

拍子木を打つ手をとめ、お岩稲荷の通りへ出た。出たといっても、前も背後も暗闇である。下駄履《げたば》きで黒っぽい着物を尻端折《しりはしょり》に手拭《てぬぐい》を頰かぶりにし、腰に〝四ツ谷左門町〟と墨書されたぶら提灯を差し、首から拍子木の紐《ひも》をぶら下げた、どこから見ても町の木戸番人の姿だ。

「みょうだなあ」

呟《つぶや》き、そのままお岩稲荷のほうへ歩を進めた。杢之助の足には音がない。用心しているのではなく、身についた習性で、それが自然の姿になってしまっている。

場所柄、暗闇にぶら、、提灯の灯りだけが、下駄の音もなく揺れているのは不気味だ。

歌舞伎で知られる〝お岩さん〟の話は元禄期の出来事とされ、杢之助の時代から百年以上も前のことだ。だが、それが曲亭馬琴《きょくていばきん》や柳亭種彦《りゅうていたねひこ》によって世に広められ、鶴屋《つるや》南北《なんぼく》の作で〝東海道四谷怪談〟として中村座で初演が踏まれたのは、ほんの十年ほど前の文化文政期で、いまなお江戸市中は言うに及ばず近在近郷からも、

「お岩さんの祠《ほこら》はこの近くと伺いましたが」

と、甲州街道に面した左門町の木戸番小屋に道を尋《たず》ねる人が絶えない。町内の道案内も、木戸番小屋の仕事なのだ。

しかし、いまは夜である。月明かりがあれば、銀杏の木の輪郭が黒々と夜空に浮かんで見えるのだが、今宵はそれものぞめない。自身番の灯りは、もう一本東側の、忍原横丁の通りの突き当たりである。

（まさかお岩さんの幽霊でもあるまい）

李之助は背筋をゾクッとさせ、往還に面したお岩稲荷の鳥居《とりい》に提灯をかざした。

「ん？」

灯りをかざしたまま、身の動きをとめた。提灯の灯りに照らされる範囲は狭い。神経を鼻腔《びこう》に集中させた。

（血のにおい）

かすかにだが、

（気のせいでない）

ことは、お岩稲荷に近づく一歩ごとに確信が増してくる。

提灯の灯りに、さほど大きくはない鳥居が浮かんだ。火を消そうかどうか迷った。自分を闇に隠し、まだ人がいるかどうかを確かめるためだ。しかし、李之助の脳裡を走るものがあった。ここなら、忍原横丁の自身番が声を出せば届くほどの近かさだ。事件があっても、

（儂の木戸番小屋が、八丁堀の詰所《つめしょ》になることはない）

町内に事件が起き、李之助の思考がまっさきに走るのはそこだ。

「――奉行所の同心にはなあ、どんな目利きがいるか知れたものじゃねえぞ」

人知れず清次と酌み交わすときの、李之助の口ぐせである。

「――取り越し苦労はおやめなせえ」

そのたびに清次は言っていた。

暗い境内に一礼し、提灯の火はそのままに鳥居をくぐった。血のにおいが濃くなった。銀杏の木の下からだ。李之助は提灯を突き出した。

「おっ」

人だ。倒れている。

走り寄った。尻もちをついた形で銀杏の木にもたれかかり、首をガクリとうなだれている。胸から血が……李之助にはすぐに分かった。

（刺されたのではない）

浅手なら、血は出てもすぐには死なない。

「どうしなすった」

しゃがみ込み、右手を背にまわし左手の提灯を顔に近づけた。

「おっ、塩町《しおちょう》の桔梗屋《ききょうや》さん！」

意識はないが、息はある。

（助かる）

李之助は提灯を持ったまま飛び下がり、身をひるがえすなり鳥居を走り抜け、往還

を寺町の突き当たりの道に駈け、自身番の提灯を見るなり、

「町役《ちょうやく》さーん、町役さーん」

叫びながら走った。自身番には町内の大店《おおだな》のあるじや地主などの町役たちが輪番で詰めている。当人が出られないときはその番頭や手代が代理となり、さらに町内で雇った筆達者な隠居などが書役《かきやく》として入っている。支配は町奉行所だが、費用はすべて町内がまかない、だから自身番というのだが、それだけに自身番には町を思う意識は強い。清次は街道おもてに居酒屋の暖簾《のれん》を張っていても町役ではないが、隣の栄屋藤兵衛は有力な左門町の町役の一人だ。

「おっ。あの声、左門町の木戸番さんでは！」

自身番の畳の部屋から土間に飛び降り、腰高障子を引き開けたのは栄屋の手代だった。きょうは栄屋藤兵衛も当番の一人だったようだ。

「おぉぉ、栄屋さんの手代さん！」

「おぉお、杢さん！　どうしなさった」

杢之助は駈け込み、栄屋の手代はその身を受けとめるように支え、

「えっ、左門町の木戸番!?」

他の町役やその代理人、書役たち五、六人がドッと外に出てきた。

「人がっ、人が！」

「なに？　人がどうした！」

「倒れて、倒れていなさる。早《はよ》う！　早う！　お岩稲荷の境内！　銀杏の木の下！」

「なに！　人が!?　お稲荷さんの銀杏の木の下だねっ」

町役や書役たちの声が入り乱れ、四人ほどが一斉に自身番の弓張《ゆみはり》提灯を持ち出し、お岩稲荷に走った。年寄りの書役二人が残り、

「左門町の木戸番さん、大丈夫かい」

「相当、慌てなさったようだねえ」

その場に息を切らせ座り込んでしまった杢之助の背を、いたわるように撫で、

「さ、中へ入ってお茶でも飲みなよ」

抱え起こし、中へいざなった。

すぐにおもてが騒がしくなった。

栄屋の手代たちが、

「桔梗屋さんだ、塩町の！」

と、四人がかりで抱えてきたのだ。名は伊兵衛《いへえ》といった。面々にそれがいま分かったのは、杢之助がただ慌て顔も確かめず自身番に走ったことになる。

「無理もないよ。夜中に人が血をながして倒れていたのだから」

書役は杢之助に同情した。杢之助とほぼおなじ年代だが、ずいぶん老けて見える。というより杢之助の体躯が歳より若いのだが、並では少し走れば息が切れる年齢だ。書役はそこを自分の身に置き換え、同情しているようだ。

かつぎ込まれた桔梗屋伊兵衛は、呻《うめ》き声を洩らしていた。意識を取り戻している。疵口《きずぐち》は斬られたばかりのように見えた。自身番に詰めていた若手が、すぐさま医者を呼びに走った。刀疵《かたなきず》なら手習い処の榊原真吾にも心得はある。そこには栄屋の手代が走った。

（一命は取りとめるはずだ）

杢之助は診立《みた》て、

「それじゃ町役さんがた。儂は左門町の木戸を閉めねばなりませんので」

木戸を閉めるのは夜四ツ（およそ午後十時）だ。いま、市ケ谷八幡の打つ夜四ツの鐘を杢之助は聞いた。

「おっ、もうそんな時刻か」

忍原横丁の炭問屋のあるじが言った。

「おぉお左門町の木戸番さん。よく見つけてくれた。鐘はまだのようだが、あとはわたしらに任せてもらいましょう」

太物屋《ふとものや》の番頭が言った。忍原横丁の町役の代理だ。どうやら鐘の音を聞いたのは、内心は落ち着いていた杢之助だけだったようだ。あとはみな、いまは気を取り直しているが、さっきまでは時ノ鐘も聞こえないほど狼狽《ろうばい》していたのだ。

杢之助は一人提灯をかざし、寺町に沿った裏道を左門町のほうへ引き返した。

（ともかく、出血多量になる前に見つけてよかった）

思いが込み上げてくる。実際、伊兵衛が忍原横丁の自身番にかつぎ込まれ意識を取り戻しているのを見たとき、ホッとして全身の力が抜けるのを覚えた。

しかしいま、夜道に提灯をかざし拍子木も打たず下駄に音もなく、左門町に帰る足取りは重かった。慌てふためき自身番に知らせた形はつくったが、最初の発見者の立場は免《まぬが》れない。忍原横丁の自身番に役人が出張ってくれば、

（儂も呼ばれるかもしれない）

その恐怖心がある。忍原横丁が左門町の東隣なら、塩町は西隣だ。杢之助の木戸番小屋は、その中間になる。それこそ、〝どんな目利きの同心が来るか知れたものではない〟のである。

麦ヤ横丁から栄屋の手代と一緒に駈けつける榊原真吾と、途中に出会うことはな

かった。おそらく別の道を忍原横丁に向かったのだろう。

李之助の足は、左門町の通りに入った。寺町に突き当たったところから甲州街道まで、通りは三丁（およそ三百米《メートル》）ほどだ。どの家も灯りはなく、静まりかえっている。この静けさが、李之助にはときおり恐ろしくなることがある。いまもそうだ。胸騒ぎを覚えるのだ。

「ん？」

首をかしげた。油皿の火は提灯に移したあと、吹き消したはずなのに、

（灯っている）

腰高障子がほんのりと闇に浮かび上がっているのだ。

李之助は提灯の火をそのままに腰高障子の前に立ち、声を入れようとした。

「李之助さん。お帰りなさいやし」

低くながれたのは、清次の声だった。

二人はふたたびすり切れ畳の上で向かい合った。

「さっきね、ここから帰り、しばらくしてからですよ。隣の栄屋さんから慌《あわただ》しい音がして、藤兵衛旦那が出て行きなすって、雨戸のすき間から窺《うかが》っていると、忍原横丁から栄屋さんの手代と榊原の旦那が街道へ走って出てきなすって、麦ヤ横丁のほう

へ。それでなにやら心配になり、ともかく杢之助さんに知らせようとここへ来ると」

「儂がいねえので、待っていたってわけかい。木戸も儂の代わりに閉めてよ」

「へえ。なにかあったと、よほど榊原さまのあとについて行こうかと思ったのでやすが、ともかくここで杢之助さんを待ったほうがと思いやして」

「それでよい。ちょいとやっかいなことになってなあ。これからなにがどう進むか見当もつかねえ。だからこそおめえにゃ、あくまで街道おもての旦那でいてくれなくちゃなあ」

杢之助は言い、ことの顚末《てんまつ》を話した。

「えええ！　胸に斬り疵？　あのまじめでおとなしい桔梗屋の伊兵衛さんが!?」

驚きの声をすり切れ畳に這わせた。

「どうでえ。これでもおめえは〝取り越し苦労〟などと言うかい」

「いえ、申しやせん。ただ……」

「ただ、なんでえ」

杢之助は清次と話していると、かつての仲間でかつ配下であったことを超え、みょうに落ち着きが得られる。

「榊原の旦那と栄屋の藤兵衛旦那が走りなすったのは好都合じゃござんせんか。朝になれば、藤兵衛旦那がその後のようすを知らせてくださいましょうよ。だからいまは、ここで凝《じ》っとしていなさるのが一番かと」

「そうも言えるが、栄屋の手代さんが藤兵衛旦那に知らせたのはまあよいとしても、その藤兵衛旦那がすぐさま走りなさったのは意外だぜ。なにやら話が大きくなる前兆かもしれねえ」

「ほれ、ほれ。それが取り越し苦労ってやつですよ。ともかく、待ちやしょう」

清次は気を利かし、このときも志乃に用意させたのか熱燗のチロリを提げてきていた。杢之助は話しながら、終始、首をうなだれていた。

「さあ、心配しても始まりませんや。待ちやしょう」

「そのことじゃねえ。儂は、てめえの因果が憎いのよ」

「そ、そりゃあ」

清次は口ごもった。

杢之助は話した。

「てめえの都合でよ、伊兵衛さんの手当てもせず、儂は逃げだしたのだぜ。ま、一命はとりとめてくれそうだがよう」

「そう判断しなすったからじゃねえのですかい。因果じゃありやせん。その場での処置としても、それが正しかったのじゃありやせんか」

「おめえだけだぜ、こんな愚痴をこぼせるのはよう」

「杢之助さん」

杢之助が湯飲みを呷《あお》ったのへ、清次もつづけて干した。

やがて清次は、自然体をつくるため居酒屋に帰った。木戸番小屋と清次の居酒屋は背中合わせになっており、木戸を閉めてからでも裏手から出入りができる。

杢之助は蒲団を敷き、油皿の火を消し搔巻《かいまき》をかぶってうつらうつらとしていた。睡魔に襲われれば、それに反発するようにまた目が冴える。もうとっくに九ツ（午前零時）は過ぎたと思われるころだった。

「おっ」

杢之助は上体を起こした。腰高障子にうっすらと提灯の灯りが射したのだ。

「杢之助さん、起きてなさるか」

そっと腰高障子を叩き、忍ぶような声を入れたのは、

（あの声？）

栄屋の手代ではなく、

（藤兵衛旦那！）

このような時刻に、代理に出ていた手代ではなく、藤兵衛が直接木戸番小屋の戸を叩くとは、

「へえ、いま」

杢之助は事態のただならぬ事を感じ、手探りで三和土《たたき》に下り、障子戸を開けた。

三

藤兵衛の提灯の火が、木戸番小屋の油皿の灯芯に移された。

「杢さん」

と、その淡い灯りのなかで、藤兵衛は杢之助の顔を見つめた。番頭から婿《むこ》入りした藤兵衛は、乳母日傘《おんばひがさ》で育ち、かつ家つき店つきの女房に手を焼き、番頭の後釜に据《す》えた使用人には間男をされ、しかも店から追い出されそうになったとき、秘かに二人の始末をつけたのが杢之助であり、側面より助けたのが清次だった。そのようなことがあり、藤兵衛は杢之助への他人《ひと》には言えない恩義とともに、

「——わたしを引き上げてくださった旦那さまに、申しわけが立ちません」

と、後妻をという周囲の勧めをかたくなに断わり、五十を過ぎてもいまだに独《ひと》り身

をとおしている。そこを杢之助は気に入っている。同時に藤兵衛は、杢之助とおなじように、八丁堀の同心が左門町に入るのを本能的に好まない性格となっていた。

「なにか、みょうな出来事《しゅったいじ》でも……」

杢之助は藤兵衛の顔をのぞき込んだ。桔梗屋伊兵衛の疵《きず》は浅く、話ができるほどに回復したことは、藤兵衛がうしろ手で腰高障子を閉めながら話した。駈けつけた榊原真吾が、焼酎で疵口を消毒してからさらしを幾重にも巻き、遅れて来た医者が痛み止めの薬湯を調合し、伊兵衛は口もきける状態になっているらしい。

「あゝ、みょうなと言えばみょうな……。それで急遽、私だけでなく左門町と忍原の町役が五人ほど集まりましてねえ」

「こんな夜更けに？」

「はい。代理で来ていた番頭さんや手代のお人らが、呼びに行ったのですよ」

「で、いったいなにが？」

「杢さん」

栄屋藤兵衛は一膝前にすり出た。

当然、意識を取り戻し話もできるようになれば、自身番の者は事情を訊く。だが、真吾が駈けつけ消毒に悲鳴を上げ、医者に薬湯を調合してもらってからも、

「――なんでもないんです。なんでもないんです」

伊兵衛はくり返し、

「――このこと、どうかご内聞《ないぶん》に……。お恥ずかしながら、ちょいと悪所に遊び、そこで無頼《ぶらい》の者とつい口論になり、かようなことに……ですから、このこと、なかったことに……」

痛みをこらえ、哀願するように幾度もくり返したというのだ。

「だから私は代理ではなく、直接町役たちでと思いましてね、代理の番頭さんや手代さんに走ってもらったのですよ」

藤兵衛は言う。町役たちは寄り合った。〝悪所〟といえば、およそ見当はつく。岡場所の安女郎をめぐって与太と諍《いさか》いになったか、ちょいと手慰《てなぐさ》みを張ってイカサマに引っかかり騒いだか……そういうところが忍原横丁の東側一帯に広がる鮫《さめ》ガ橋《はし》の町場に案外多く、いずれにせよ他人《ひと》に言えることではない。しかも与太に斬りつけられ疵を負ったなど、恥以外のなにものでもない。町役たちはそこに頷《うなず》き、

「――今宵のことはなかったことにしましょう」

決めたというのだ。

杢之助は内心、ホッとするものを覚えた。町役たちは別の意味で、伊兵衛が〝な

かったことに〟と言ったのを歓迎したのだ。書役が自身番の控帳《ひかえちょう》に町内で刃傷《にんじょう》事件があったことを印《しる》せば、奉行所から役人が出張《でば》ってくる。幾人来るか知れない。捕方《とりかた》を連れてくるかもしれない。それがまた犯人を挙げるまで幾日つづくか知れない。それらの接待が、すべて町内の持ち出しとなるのだ。朝餉《あさげ》も中食《ちゅうじき》も、その辺の一膳飯屋でというわけにはいかない。探索が夜に入れば酒も出さねばならない。だから町内でなにがしかの事件が発生すれば、町役たちの頭をまずよぎるのは、町の出費の算盤《そろばん》勘定となる。それを〝なかったことに〟すれば、算盤を弾かなくてすむ……。

「私が書役さんたちに、なにも書かないようにと言うと、二人とも喜びましてねえ」

藤兵衛は言う。書役の隠居たちも、町内の住人なのだ。

問題は手負いの伊兵衛だが、〝なかったこと〟にするには、朝になっても自身番で臥《ふ》せっていたのでは人目につく。かといって、戸板に乗せて塩町まで運ぶには疵によくないし、朝の早い豆腐屋や納豆売りに見られないとも限らない。

「ちょうど、きょう当番の炭問屋さんが自身番のすぐ近くですからね」

そこが二、三日預かることになり、すでに戸板で運んだという。なるほど炭問屋なららお岩稲荷と背中合わせですぐ近くだ。医者の診立てでは、

「――二、三日もすれば、他人に訝《いぶか》られることなく歩けるようになる」

らしい。医者がそこまで言うとは、医者もまた町内のお仲間ということになる。伊兵衛の桔梗屋にも、すでに手代が知らせに走ったという。

『ちょいと町の無頼と喧嘩をしたらしく』

と、告げる予定だという。そのさきは、桔梗屋の奥向きのことである。

「そこでじゃ、杢さん」

藤兵衛はあらたまったように杢之助の皺を刻んだ顔を見つめた。聞かずとも、藤兵衛の言いたいことは分かっている。

「なんでも最初に見つけて自身番に走ったのは、杢さん、あんただっていうじゃないですか」

「はあ、まあ。それでこの儂にも、なにも見なかったことに……と」

「そう、さすが杢さんだ。つまり、岡っ引の源造さんにも……ね」

「そりゃあ、そうしなきゃならんでしょう」

「ありがたい」

藤兵衛は町役たちを代表したように頷き、

「それにねえ、榊原さまがお帰りになっていまごろはもう寝てらっしゃるだろうが。あした、じゃない。きょうですね。手習いが終わってからここへ来るからとおっしゃっておいでしたよ。杢さんは疵のようすを詳しくは見ていない。それを話しに来られるのでしょうかねえ。ほんとう、あのお方は律儀な人ですから」

藤兵衛は腰を上げ、油皿の火をふたたび提灯に移した。外はまだ暗い。

杢之助も一緒に外へ出てソッと木戸を開け、藤兵衛の提灯の灯りが遠ざかると、また音を立てないように閉めた。

すり切れ畳に上がってすぐだった。蒲団と掻巻はさきほど隅へ押しやったままだ。

「入んねえ」

腰高障子の向こうに気配が立ったのだ。

音もなく腰高障子が開いた。

「おめえも今夜は忙しいなあ」

「へえ。さっき藤兵衛旦那が来てらしたようで」

清次だ。灯芯の小さな炎がまた大きく揺れ、二人はふたたびすり切れ畳に差し向かいとなった。さすが朝に近いせいか、熱燗のチロリは提げてきていなかった。

杢之助の説明に、

「さすが町役さんたち、桔梗屋の伊兵衛さんの言葉は渡りに船だったってことになりやすねえ。しかし、ちょいとおかしいですぜ」

「ほう、おめえもそう思うかい。儂もさっき藤兵衛旦那の話を聞きながら、それを感じていたのよ」

李之助と清次は頷きあった。〝それ〟というのは、桔梗屋伊兵衛はなぜ〝なかったこと〟にと、かたくなに言い張ったかだ。まるで、

（斬りつけた相手をかばっているような）

そうしなければならない理由《わけ》があったように感じられるのだ。

「…………」

二人のあいだにしばしの沈黙がながれ、

「おめえ、また取り越し苦労だって言うかい」

「いえ」

「そうだろう。なにも起こらなきゃいいんだが。ここはおめえ、塩町とお岩稲荷のちょうどまん中だぜ」

「さようで」

「ま、あした、じゃねえ。きょうだ。手習いが終わったら榊原さまがここへおいでになる。やはりあの旦那も、なにか感じるものがおありなすったに違《ちげ》えねえ」

「待ちやしょう」

清次が言ったとき、腰高障子が部屋の中の灯りよりも、外からの明かりに白く浮かんでいた。

「おっと、もうこんな時分ですかい」

清次は腰を上げた。

ふたたび杢之助は木戸番小屋に一人となった。いまから寝たのでは、木戸を開ける日の出の明け六ツ（およそ午前六時）に起きられなくなる。横にならず、胡座のまま時の過ぎるのを待った。桔梗屋の女房どのは、伊兵衛の隠しているものを知っているのかどうか。いずれにせよ、亭主は殺されかけたのだ。あの家族に、向後《こうご》なんらかの影響を及ぼさないはずはない。

塩町二丁目と三丁目を分ける往還が、左門町や麦ヤ横丁の通りとおなじように甲州街道から南へ延びている。一丁（およそ百米）にも満たない通りだが、突き当りが長善寺《ちょうぜんじ》で、この界隈には珍しい門前町のようすを示している。左門町も含め〝門前町〟といえば、街道から長善寺までのこの通りを指す。その一角に桔梗屋は暖簾を張り、手代や丁稚も置いた、門前町にはふさわしい扇子《せんす》屋だ。女房どのはウメといい、源造の女房に似て水商売上がりか愛想がよく、周囲への気配りがいいのも似ている。今年五歳になるコマという娘がいる。

この三人家族を、杢之助はよく知っているのだ。おコマは太一と入れ代わるように、今年の初午から麦ヤ横丁の榊原真吾の手習い処に通いはじめたばかりだ。だから真吾は桔梗屋伊兵衛が遭難と聞くなり飛び起き、忍原横丁の自身番に走り、きょう手習いのあと杢之助を訪ねるというのであろう。

三年前になる。梅雨のころで、太一がまだ九歳のときだった。雨が降っていた。そのような日、左門町の通りでは人影が絶えることがよくある。そのときも人通りはなかった。腰高障子の向こうから幼児の泣き声が聞こえてきた。

(——ん。どこの子だ?)

杢之助は障子戸を開けた。二歳くらいの女の子が、泥だらけになり裸足《はだし》で歩いていた。

「——おうおう、どうしたね」

杢之助は雨のなかに飛び出し、抱き上げて木戸番小屋に駈け戻ったが、どこの子だか知らない。杢之助がどんなにあやしても泣きやまない。おもての居酒屋にも泣き声が聞こえたか、おミネが傘を差して走ってきた。

「——まあまあ、どこの子。かわいそうに泥だらけになって」

おミネが抱くと、ようやく泣きやんだ。おミネが抱いたまま杢之助が手拭で顔や手

足を洗ってやっていると、

「――わーっ、まだ熄《や》まないよ」

太一が手習い処から笠をかぶって木戸番小屋に跳び込んできた。

「――あれ、この子。門前町のコマちゃん」

太一は知っていた。門前町にも遊び仲間がいるのだ。

「――おう、一坊。知っていたか。ちょうどいい。おっ母さん、きっと心配してなさるぞ。走って知らせてこい。この子が左門町の木戸番小屋にいるって」

「――うん、分かった」

太一は裸足のまま笠もかぶらず敷居を跳び越え、塩町に走った。

すぐだった。母親のおウメと近所の者が三、四人、裸足で傘もささず駈けてきた。大勢で相当捜《さが》しまわったのだろう。みんな髷は濡れ足は泥だらけだ。おウメはおミネに抱かれているおコマを引ったくるように抱き締めると、そのまま三和土にヘナヘナとしゃがみ込み、おコマをさらにきつく抱き締め、

「――ごめんね、ごめんね」

幾度もくり返していた。一緒に走ってきた近所の住人に訊けば、半刻《はんとき》（およそ一時間）ほども前、店で大人たちが少し目を離したすきにおコマがいなくなってしまった

らしい。スワ拐《かどわ》かしかと町内の者に応援を頼み、雨のなかをあちこちと走り找したらしい。亭主の伊兵衛は長善寺の境内から縁の下、さらに大木戸向こうの内藤新宿のほうまで走っていってまだ戻ってきていないという。

「――みんな、走るの速すぎるよ」

太一が置いてきぼりを喰ったように、しょんぼり濡れながら帰ってきた。桔梗屋夫婦はむろんのこと、町内の大人たちがどんなに慌てていたかが分かる。二歳の女の子だ。訊いてもどこをどう歩いて左門町まで来たか分からない。ともかくその場の全員が胸を撫で下ろしたものだった。

それからである。おウメが荒物や焼き芋を、左門町の木戸番小屋までよく買いに来た。亭主の伊兵衛も扇子をお礼に持ってきて、用事で街道を通るたびに木戸番小屋へ挨拶の声を入れていた。

杢之助もついこの前の初午のときからである。まるで太一と交代したかのように、左門町と街道を挟んで筋向いの麦ヤ横丁へ、手習い道具を持って駈け込んでいくおコマのうしろ姿を、木戸の前で微笑みながら見送っていた。

その伊兵衛が何者かに斬りつけられ、しかも斬りつけた相手を隠そうとしている。伊兵衛が〝悪所〟に出入りして与太と喧嘩をするような男でないことを、杢之助はよく知っているのだ。

伊兵衛が確実に一命を取りとめたと分かったとき、

（おコマ、父《てて》なし子にならずにすんだ）

とっさに杢之助の脳裡を走り、安堵を覚えたものであった。

四

「やっぱり左門町の木戸番さん、助かるねえ」

「そうそう。だから一日の仕事始めはここからだい」

日の出の明け六ツの鐘が鳴り、朝靄《あさもや》のなかに納豆売りや豆腐屋が左門町の木戸を入ってくる。どの町でも木戸番人は〝生きた親仁《おやじ》の捨て所〟で、よろよろとした年寄りが多く、明け六ツの鐘が鳴ってもまだ寝ていて木戸が開かないことがよくある。だが杢之助はいまだかつて、朝の棒手振《ぼてふり》を木戸の外に待たせたことはない。

幾人かの棒手振が木戸を入るころには、あちこちの長屋の路地からは釣瓶《つるべ》で水を汲む音や七厘《しちりん》を扇ぐ団扇《うちわ》の音とともに、

「ハァックション」

煙が充満している。いま聞こえたのは、鋳掛屋《いかけや》の松次郎のようだ。出職《でじょく》の者はおよそ声が大きいが、松次郎のはひときわ大きい。

杢之助はほとんど徹夜で、木戸を開けてからも番小屋でうつらうつらとしていた。いつもの朝の喧騒が終わった六ツ半（およそ午前七時）ごろ、腰高障子の向こうに聞こえるのは、

「おう、杢さん。行ってくらあ」

「きょうは鮫ガ橋だい」

と、松次郎と羅宇屋《らうや》の竹五郎《たけごろう》の声だ。竹五郎の言った〝鮫ガ橋〟に、杢之助はハッとして三和土に飛び下り、下駄をつっかけて腰高障子を開けた。腰切半纏《こしきりばんてん》を三尺帯で決めた二人の背が、いつもなら木戸を街道へ抜けるのだが、〝鮫ガ橋〟と言ったから、左門町の通りを奥のほうへ向かっていた。

「おぉう、稼いできねえ」

声をかけた。

「おうっ」

松次郎は天秤棒の吊り紐をブルルと振り、竹五郎は背の道具箱をガチャリと鳴らした。いつもの、一日の仕事始めの仕草だ。鮫ガ橋へ行くには、昨夜杢之助が帰ってき

た道順をたどることになる。

（忍原の自身番の前を通る）

棒手振には商いのなかに町の噂も入る。

（昨夜の件……）

脳裡をよぎった。桔梗屋伊兵衛は、お岩稲荷の裏手の炭問屋でまだ臥せっているはずだ。それが町に洩れているかどうか、夕刻近くに松次郎と竹五郎が戻ってくるのが待たれる。

五ツ（およそ午前八時）時分になった。聞こえるのは、

「――おじちゃーん」

手習いに行く太一の声と、

「――杢さん、お早うー」

あとを追うように下駄の音とともにおミネの声だ。だがいまは、おミネの下駄の音と〝お早う〟の声だけだ。

「おぅう、お早う」

杢之助はまた下駄をつっかけ、外に出た。細身でいつも洗い髪をうしろで束ねただけのおミネの背が、木戸を出て右手に曲がったところだった。清次の居酒屋は木戸を

出て右手になる東方向への一軒目だ。その隣が古着商いの栄屋である。

街道にはすでに大八車や荷馬に往来人が忙しそうに行き交い、一日はとっくに始まっている。

「ふむ」

杢之助は頷いた。左門町とは街道をはさんで筋向いの麦ヤ横丁に、桔梗屋の女房おウメがおコマの手を引いて入ったのが見えたのだ。おウメはすぐに出てきて、街道をそのまま東方向へ向かった。忍原の炭問屋に行くのだろう。昨夜、そこの手代から、

「――慌てず、なにごとも自然にゆっくりと」

町役たちの言葉も伝えられたのだろう。おウメはそれを守っているのか、取り乱したようすはない。だが気のせいか、その背はもどかしく焦っているように見えた。

「杢之助さん」

不意に横から声をかけられた。前掛を腰に締めた清次だ。やはり気になり、おコマがいつもどおり手習い処に行くかどうか見ていたのだ。

「あ、これはおもての清次旦那。お早うございます」

杢之助は鄭重《ていちょう》に辞儀をした。おもて向きは、あくまで清次と杢之助は、町内の旦那と町に雇われた木戸番人なのだ。

「きょうは午《ひる》までゆっくり寝ていなせえ。ようすは、あっしと志乃で見ていまさあ」

「へえ」

清次にささやかれ、杢之助は木戸番小屋に戻った。すり切れ畳に上がると、そのまままうつらうつらとしはじめた。やはり徹夜は堪《こた》える。あとはもう清次の言うとおり、待つしかない。

売り物の柄杓《ひしゃく》や笊《ざる》、手桶《ておけ》などの荒物をすり切れ畳にならべ、ゴロリと横になった。そのまま寝てしまった。冬場には炭火を熾《おこ》した七厘を三和土に持ち込み、焼き芋も商《あきな》っているが、初午のすこし前にやめ、暖を取る季節でもなくなり、火の気が室内になくなった分かえって気楽だ。荒物のお客が来ても杢之助が寝ていたら、

「あらあら、気持ちよさそうに」

と、そのまま起こさず、目的の品物を勝手に持っていって、代金はそこに置いていくかあとでまた持ってくる。お客はほとんどが町内か近辺の顔見知りである。住人たちは荒物に限らず、町内で間に合わせられるものは町内で間に合わせようとする。それだけ人々の一体感というか、地域への帰属意識は強いのだ。

「おぉう、よく寝た」

と、目が覚め仰向《あおむ》けのまま大きく手足を伸ばしたのは、太陽が中天を過ぎたころ

だった。腰高障子に射す明かりの具合で、およその時刻は分かる。午の過ぎたのを感じたとたん、頭が冴えた。手習い処の終わる昼八ツ（およそ午後二時）はもうすぐだ。これまでなら、昼八ツの鐘が聞こえたあと、

「――おじちゃーん」

太一が木戸番小屋に跳び込み、真吾からの言付けがあれば伝え、手習い道具を荒物の隅に放り置くなり、

「――おっ母アを手伝ってくらあ」

また跳び出し、清次の居酒屋に駈け込んでいたのだが、いまはその使番《つかいばん》はいない。だから昨夜、真吾は栄屋藤兵衛に、きょう訪《おとな》うことを言付けたのだろう。

「あら、杢さん。もう起きたのね」

町内のおかみさんが、

「これ、柄杓のおあし」

「あ、そういやあ、柄杓が一つなくなっているねえ」

杢之助は受け取り、おかみさんは、

「毎朝、毎晩、木戸の開け閉めに火の用心の見まわり、ほんとにご苦労さんだねえ」

と、すぐに帰った。杢之助は安堵を覚えた。なにか変わったことがあれば、町内の

ことでなくてもおかみさん連中は話し込んでいくものだが、その素振りがない。昨夜の忍原の自身番に寄り合った面々の緘口令《かんこうれい》が、徹底しているようだ。

聞こえた。市ケ谷八幡の打つ、昼八ツの鐘である。手習い処ではいま、手習い子たちが歓声を上げていることだろう。

小半刻《こはんとき》（およそ三十分）も待ったろうか、腰高障子に影が立った。杢之助はすり切れ畳の上で胡坐の背筋を伸ばした。

障子戸が開いた。真吾が町内でフラッと外出するときは、いつも着流しで刀は帯びていない。この無腰の気さくさが、町内で親しまれ、評判がいい。それに、真吾が麦ヤ横丁に手習い処を開いてからは、麦ヤ横丁はむろん塩町、左門町、忍原横丁の街道筋に喧嘩沙汰などの揉め事がなくなった。町の用心棒も兼ねているのだ。街道で荒くれの馬子や浪人者、酔っ払いなどが暴れていると、決まって住人の誰かが手習い処に駈け込む。このときばかりは刀を手に飛び出す。だが、抜くことはほとんどない。抜かずとも収まってしまうのだ。

「杢之助どの。昨夜は眠れましたかな」

真吾は言いながらうしろ手で腰高障子を閉め、杢之助が荒物を押しやってつくっていた座に腰を落ち着け、上体をすり切れ畳の杢之助のほうへねじった。

「いえ。まあ、すこしは」

「あはは。李之助どののことだ。合い間をみてはうまく睡眠をとったでしょうなあ」

と、真吾は李之助を〝どの〟をつけて称《よ》ぶ。

「――よしてくだせえ」

李之助は幾度か言ったが、なおらない。真吾は李之助の下駄に音の立たないこと、さらに尋常ではない腰さばきに気づき、そこに敬意を表しているのだ。町内で清次をのぞき、それに気づいている者は真吾以外にない。岡っ引の源造も気づいていない。

「はあ、いくらかはうつらうつらとしましたが。榊原さま、なにかお話が？」

「うむ」

真吾は頷き、

「李之助どのなら、もう気づいておいでと思うが、桔梗屋の伊兵衛さん」

「はい、おかしいです。解《げ》せませぬ。なにを隠しているのか……？」

李之助の反応に真吾は頷き、

「それについて、それがしの見方をちょいとおぬしに話そうと思ってな」

「はあ」

二人とも見かけは気楽に話しているように装《よそお》っている。不意に町内の者が入ってきても、手習い処の師匠と木戸番人が暇つぶしに世間話でもしているようにしか感じないだろう。

「あの疵だが、確かに刃物による疵だ。胸のあたりを縦にナ」

「伊兵衛さんは何者かと向かい合っていて、斬りつけられた？」

「そうだ。しかもその何者かは、伊兵衛さんを殺そうとはしていない。殺意から刃物を持ったなら、斬るよりも刺すはず」

「なるほど。何者かは、つまり伊兵衛さんの顔見知りで、刃物は見せるだけのつもりだった。……あ、脅迫？」

「おそらく」

「ならば、儂が見たのは、銀杏の木に尻餅をつくようにもたれかかり、首をうなだれた姿でした。榊原さまは、これをどのようにご解釈……？」

「その銀杏の木ですよ、杢之助どの」

「と、いいますと？」

「伊兵衛さんは銀杏の木の下で何者かと向かい合った。そこで話がこじれ、何者かは伊兵衛さんに斬りつけた。昨夜自身番からの帰り、提灯の灯りで現場をちょいと調べたのですよ。すると、いままで気づかなかったが、ちょうど大人の肩か頭の高さくらいのところに、以前は大きな枝だったのか節のような瘤《こぶ》が出っ張っていました」

「そういえば……。あっ、伊兵衛さんは胸に斬りつけられ、うしろへのけぞった瞬間、したたかに後頭部をその瘤に……」

「そうです。それで伊兵衛さんは眩暈《げんうん》し」

「目眩《めまい》ですか。二つの衝撃で気を失い、木にもたれるようにズルズルとへたり込んでしまい、頭までガクリと前に……」

「秘密の話で、二人とも灯りは持っていなかったでしょう。何者かは伊兵衛さんが死んだものと仰天し、慌ててその場から逃げ去った」

「そやつ、腹の据わったやつではなさそうですねえ」

「そういうことになります。ということは……」

「あっ、分かりました。その者、町役さんたちが何事もなかったように処置したことに、いまごろどこかで目を白黒させている……」

「そのとおりです。ということは」

「あっ、榊原さま。そやつはきっと桔梗屋さんをのぞきに来る」

「そうです。いま伊兵衛さんは炭問屋の奥の部屋で療養していますが、あしたかあさってには塩町に戻るでしょう。生きているとなると……」

「事情は知りやせんが、そやつの伊兵衛さんへの接触がまた始まる」

「そうなるでしょう。ここはやはり、杢之助どのの手を借りたいと思いましてナ。桔梗屋のおコマは、日にちはまだ浅いとはいえ、私の手習い子だ。捨ててはおけぬ」

「願ってもないことでございます。ですがねえ、榊原さま」

「なにか、不都合でも？」

「いえ。ただ、町役さんたちはこれを〝なかったこと〟にしなさった……」

「ははは」

真吾は笑顔をつくり、

「だから、杢之助どの。おぬししかおらぬということではないかね」

「へ、へい」

杢之助はごま塩まじりの小さな髷を、恐縮したようにピョコリと下げた。これまで左門町の平穏を守るため、事件のあったことさえおもてに出さず、闇走りで処理するのに幾度も真吾の手を借りている。そこを逆に真吾は見込んでいるのだ。

「昨夜、自身番で町役さんたちは、源造さんにもこれは内緒にと言っていたが」

「へえ。儂も藤兵衛旦那からそう言われております」

「うふふ。やはり、なあ」

「へえ、まあ。あはは」

真吾は暗黙の了解のなかに、伊兵衛の身辺を探るのを杢之助に任せた。隠そうとしている相手から、それを探り出す……。

(至難の業だ)

しかし探り出さねば、解決は前に進まない。

腰高障子が外から開けられた。

「あらら、これはお師匠さま。おいでだったのですか」

麦ヤ横丁の、手習い処の近くのおかみさんだ。

「お二人とも楽しそうに。なにかいいことでもあったのですか」

「へえ。今年の初午に、手習い子がまた増えたって、その話でさあ」

「あら。そういえば、塩町からも小さな女の子が来るようになりましたねえ」

「それよりもおかみさん、なにがご入り用で?」

「そうそう、手桶を一つ」

自分で取って代金をすり切れ畳の上に置くと、

「ほんと榊原さまの手習い処は評判がいいんだから」

おかみさんはきびすを返し、外から腰高障子を閉めた。塩町からの小さな女の子、

おコマのことだ。杢之助と真吾はあらためて顔を見合わせ、

「さ、話がまとまれば、俺も帰るとするか」

真吾も腰を上げた。

それからまた、すぐだった。

「入んねえ」

杢之助はすり切れ畳の上から、腰高障子に声を投げた。清次の場合、気配で杢之助には分かる。

「はい、木戸番さん。おじゃましますよ」

清次は音を立てて腰高障子を開けた。夕の仕込みに入る前の時間帯である。昼間の二人の接し方は、夜とはまるで異なる。さらに、清次が昼間木戸番小屋に来たときには、腰高障子は常に半分ほど開けておく。外から見えるようにだ。

「あら。またおもての清次旦那、あんなとこで油を売ってなさる」

木戸の前を通りかかった町内の者は思い、外からちょいと挨拶をして通り過ぎる者もいる。二人のあいだに、知られざるなにかなど、

（ありませんよ）

示しているのだ。しかし清次がすり切れ畳に腰を浅く下ろし、奥の杢之助に向かっ

て上体をねじっているとき、そこに話される内容は常に深刻なものであった。だが、緊張感は他人《ひと》には見せない。

「そりゃあ願ってもないことじゃござんせんかい」

真吾からの話に清次は言い、さらに、

「事のながれからすると、その何者とやらがあの門前町に面《つら》をさらすのは、三、四日さきということになりやしょうかねえ」

「あゝ、儂もそう踏んだ。それを待とうじゃねえか」

開けた腰高障子に下駄の音が近づいた。こんどは左門町の顔見知りだ。

「それじゃ木戸番さん、またゆっくり来ますよ」

「はい。いつでもお待ちしておりますじゃ」

腰を上げたおもての旦那に、木戸番人はピョコリと頭を下げる。あとは平穏そうな木戸番小屋のたたずまいがそこにある。

「おう、杢さん。帰《けえ》ってきたぜ」

「きょうは五本も新しい羅宇竹《らうだけ》をすげ替えさせてもらったよ」

と、松次郎と竹五郎の声が木戸番小屋に入ったのは、これもいつものように夕刻近くだった。二人が塒《ねぐら》の長屋の部屋へ戻るまえに、木戸番小屋で一息入れるのもまた、いつものことである。そこに聞く町の噂話に、杢之助は安堵した。きょうの商いは、忍原横丁の東隣になる鮫ガ橋の町家だった。しかも、行きも帰りも忍原の自身番の前を通っている。その二人の口から、お岩稲荷が出てこない。桔梗屋伊兵衛の一件は、まったく〝なかったこと〟になっているとみて間違いない。ひとしきり町で聞いた噂話などを話すと、

「おう、竹よ。湯だ、湯に行こうぜ」

「あしたもまた、鮫ガ橋なんだよ。杢さん」

二人は腰を上げた。

（すまねえ、松つぁんと竹さん。おまえさんらを、まるで測《はか》りみてえによう）

杢之助は心の中で詫びた。

五

つぎの日の朝、

「――伊兵衛さんねえ、あしたの午《ひる》ごろ、塩町に戻りますよ。栄屋《うち》の手代がつき添います。おウメさんはさりげなく店で待つということで」

フラリと街道おもてに出た杢之助に、藤兵衛が店から出てきてソッとささやいた。最初の発見者が左門町の木戸番人で、それがなければ疵は浅くとも気を失ったまま出血多量であの世に行っていたかもしれないことは、

「――炭問屋さんが話してね、伊兵衛さん、仰天していたそうですよ」

藤兵衛は言っていた。

だからである。

(帰りの途中、顔を合わせるのはかえってまずい)

杢之助は判断してその時刻、木戸の陰から栄屋の手代につき添われて塩町へ向かう伊兵衛をソッと待っていた。ご大層に駕籠《かご》に乗らず歩かせたのは、医者の判断と町役たちの判断でもあった。〝なかったこと〟とするためには、すべてをさりげなく運ばねばならない。その策からいえば、杢之助が木戸の陰から見守るのも好ましいことではない。だが、そうしなければならない理由があった。さきほど、

「――源造さんがいま、居酒屋《うち》に来ています」

志乃が木戸番小屋へ知らせに来たのだ。清次の居酒屋は、一膳飯屋とそれほど変わりはない。街道おもてで内藤新宿に近いという場所柄、夕刻には酒の客もけっこう来るというだけのことである。

岡っ引の源造が、昼どきや夕どきに飲食の店に入っても、お客にはならない。以前ならおミネは源造が時分どきに限らず来ただけで毛嫌いしていたが、太一の奉公を海幸屋へ最初に話したことなどもあり、かなり態度を変えたようだ。

「――あらら、源造親分。いらっしゃい」

と、最初に迎えたのはおミネだった。おミネはお岩稲荷の一件を、清次の居酒屋を手伝っていても町の住人とおなじように知らない。志乃は清次から聞かされ、闇走りにはなにかと杢之助と清次を縁の下から支えている。杢之助と清次の以前を知っているのも、この世では志乃だけなのだ。

店は時分どきで混んでいる。志乃は告げるとすぐ店に戻った。それを追うように、杢之助はやおら腰を上げ、木戸の陰に身を置いたのだ。

店の中では清次が困惑していた。源造が店の混んでいるのを見ると、

「おう、ちょっくら木戸番小屋をのぞいてからまた来らあ」

と、すぐ出ようとしたのだ。木戸番小屋から戻ってきた志乃は暖簾を入る前に、栄屋の手代につき添われ忍原横丁のほうから戻ってくる桔梗屋伊兵衛の姿をチラと見かけた。志乃は板場に顔を入れ、

（いまおもてに）

と、目配せをした。包丁仕事に忙しいなか、清次が板場から店場に出てきて源造を引きとめるなど不自然だ。志乃は店に戻るなり客の注文を受け、板場と店場を往復している。そのときに志乃は清次に目配せしたのだ。桔梗屋伊兵衛がいかに自然を装っていても、疵口を気にしながら歩いておれば、源造が見ればおかしいと気づき、どうしたかと話しかけることになろうか。事がおもてになるきっかけとなりかねない。おミネが気を利かせたわけではないが、

「源造さん、一人くらいなら座る場所ありますよう」

「おっ。おミネさんがそんなこと言ってくれるなんざあ、嬉しいねえ」

源造は相好を崩した。以前のおミネなら想像もできないことだ。源造が〝また来らあ〟などと言えば、ハイハイどうぞお帰りくださいと見送っていたところだ。

源造は結局、暖簾を頭で分け外に出たが、このわずかな間合いが役に立った。おもてでは伊兵衛と栄屋の手代が居酒屋の暖簾の前を過ぎ、左門町の木戸の前を通り過ぎたところだった。

（ふむ。やはり弱々しそうに歩いていなさる）

木戸の陰から見送る杢之助に、伊兵衛は気づかなかったようだ。

そのときだった。清次の居酒屋のほうから、

「なんなら源造さん、番小屋のほうへ杢さんの分も一緒に、膳を運びましょうか」

「おう、そうしてくれるかい。手が空いたときでいいぜ」

おミネの軽やかな声と、源造のだみ声が聞こえてきた。

杢之助はドキリとし、すかさず木戸から街道に出た。

「おや、源造さん。左門町に来てなすったのかい」

「おう、バンモク。ちょうどいい。おめえの小屋へ行こうと思ってたところだ」

すぐ脇を急ぎの荷か大八車が車輪の音と土ぼこりを上げながら走り去った。杢之助と源造の声は伊兵衛には聞こえなかった。

だが、

「おっ、ありゃあ塩町の扇子屋じゃねえのかい。若いのは栄屋の手代か。みょうな取り合わせだなあ」

源造が言ったのへ杢之助は振り返り、

「あ、ほんとだ。扇子屋さん、売り物の古着でもあって、手代さんを呼びに行ったのかもしれないぜ」

「それにしてもあの扇子屋、ちょいとフラついていねえかい」

「そういやあ、さっき大八車が脇をかすめたからだろう」

言いながら杢之助は源造を木戸の中へいざなった。木戸を入ると、すぐそこが杢之助の木戸番小屋だ。源造はそれ以上に桔梗屋伊兵衛に興味を示さなかった。源造が左門町に来たのは、

「近ごろなにか変わったことはないかい」

と、単なる見まわり……だけでもなかった。太い眉毛をヒクヒクと動かしている。獲物を求めるときの、いつもの源造の仕草だ。自分で荒物を押しのけ、勢いよくすり切れ畳に腰を落とすと、片方の足をもう一方の膝に上げ、杢之助のほうへ半身《はんみ》をねじった。杢之助はかすかに緊張を覚えた。源造はだみ声で言った。

「近ごろよ、この四ツ谷界隈で、野博打《のばくち》を開帳してる野郎がいやがるのよ。ま、お寺さんやお宮さんの縁日なら大目に見てやらあ。だがよ、なんでもねえ日に町家のあちこちでやられたんじゃ目障りでしょうがねえ。おめえ、なにかそんな噂を聞いちゃいねえかい」

この界隈で野博打など、杢之助は初耳だった。

「いるのかい、そんなのが。ほんと目障りだなあ。松つぁんや竹さんにも言って、気をつけておこうじゃないか」

本心からだ。縄張を持たず、適宜に客を集めて人のいないお堂や空家に勝手に入り

込み、そこに博打の客を集めて胴元になる。そういうのが跋扈《ばっこ》すれば、いつそこで刃傷沙汰が起きないとも限らない。

「それよ」

源造は身を乗り出し、

「松や竹に言っておいてくんねえ。あいつらの集める噂、ときにはびっくりするようなのもあるからなあ」

「あゝ。言っておくよ」

話しているうちにおミネが、膳を持ってきたのではなく、いますこし空いたからと呼びに来た。話の場は清次の居酒屋に移ったが、清次が板場から聞き耳を立てるなかにも、源造の口からお岩稲荷の話は出てこなかった。板場からちょいと顔をのぞかせた清次とも軽い頷きを交わし、フッと息をついた。話の内容もさりながら、源造が聞き込みであれ、いまフラリと左門町に来たということは、あとしばらくこちらからつなぎを取らない限り、来ないということだ。飯台《はんだい》で源造と向かい合わせで樽椅子《たるいす》に座り、世間話をするなかにも、

（いまごろちょうどおコマちゃん、お父《とう》が戻ってきて大喜びしているだろうなあ）

思う余裕を得ていた。それは同時に、

(伊兵衛さん、あんたいったいなにを隠そうとしているのだね)

疑念につながるものであった。源造が目の前にいる。やはり世間話のなかにも、緊張を完全に払拭することはできなかった。


解明のきっかけになる動きがあったのは、その翌日だった。

午前《ひるまえ》だ。

(はて?)

木戸番小屋の腰高障子に立った影に、杢之助は首をかしげた。清次や真吾、源造なら即座に分かり、町内の者なら影だけでおよそ察しがつく。だが、いま立った影、

(あれは?)

分からない。少なくとも、町内の者でないことは分かる。しかもその者は、障子戸にかけた手を一度離し、なおもその場に立っている。開けようかどうしようか……ためらっている。

「入りなせえ。道でもお尋ねでござんしょうか」

杢之助のほうから声をかけた。

「へえ」

返事があり、腰高障子が開いた。

（おっ）

杢之助は感じ、

「木戸番小屋にはねえ、道を尋ねに来なさるお人もけっこう多いんですよ」

と、すり切れ畳の上の荒物を手で押しやり、男が座る場をつくった。引きとめ策である。においで分かるのだ。

（堅気《かたぎ》ではない）

ばかりか、

（こやつ、伊兵衛さんと関わりの……）

感じ取ったのは、お岩稲荷の件が念頭の大半を占めていたからばかりではない。

「あっしも、その、尋ね人、じゃござんせん。道をちょいと」

言いながら敷居をまたぐその男に、

「はは、さようで。お岩稲荷の道筋ならもう一本東寄りで。間違ってここの通りに入ってくるお人がけっこういなさるんでねえ」

杢之助は言いながら男を観察した。〝お岩稲荷〟の名を出したとき、男の足は一瞬ビクリと止まり、場所の話に入ると安堵したようだった。その瞬時の変化を、杢之助

は見逃さなかった。荒物を押しのけた場を、座るように手で示したが、

「いえ、お岩さんじゃござんせんが、ちょいと道を」

男は座るよりも足を一歩退き、

「さようで。よく聞くお岩稲荷はこの近くでござんしたか」

と、とぼけたように言い、

「あっしの訊きたいのは、この近くに桔梗屋さんとかいう扇子屋でして。聞いたことござんせんか」

「あ、、桔梗屋さんかね。それならすぐ近くですじゃ。ほれ、街道に出て四ツ谷大木戸のほうへ……」

杢之助は長善寺門前町の場所を教え、

「あんた、扇子を買いなさるのかね」

いかにも訝《いぶか》しげに男の全身に視線を這わせた。

(扇子を持つような人には見えやせんが)

との意思表示だ。縦縞《たてじま》の単《ひとえ》をサラリと着流し、無腰だが帯は無造作に遊び人風だ。歳なら松次郎や竹五郎とおなじ三十路《みそじ》をいくらか超しているか、もっと喰っていようか。雰囲気がまるで違う。ふところに刃物を呑んでいるようすはないが、頬骨の張っ

た顔相に細くつり上がった目には活気がない。どう見ても扇子を持つような優雅さはなく、男はそれを自覚しているのか、

「いえ、買い物じゃありやせん。ただちょいとそこの亭主が知る辺《べ》なもんで、近くへ来たついでに久しぶりなもんで顔を出そうかと……それだけなんで」

言いながら男は退いた足を一歩前へ、さらにさっき示されたすり切れ畳に腰を下ろし、杢之助のほうへ身をよじった。

「訪ねる前にちょいと。最近、桔梗屋さんに、変わったことはござんせんでしたかねえ。それに、さっき言いなすったお岩さんとやら、人出は多いので？　いえね、これもついでだが、せっかくここまで来たので寄ってみようかと思いやして」

（乗ってきた）

さっきの瞬時の変化が、杢之助にはなによりの証拠であり、しかも男は桔梗屋とお岩稲荷のようすに探りを入れてきたのだ。余所者が木戸番小屋でその町のようすを訊くのは珍しいことではなく、男もそれを装っているのが杢之助には慥《しか》と分かる。さらに杢之助は誘い水を入れた。

「桔梗屋さんねえ、別になにも。なぜ、そんなことを？　お岩稲荷もねえ、ひっそりでもなきゃあ押すな押すなでもなく、いつものとおりでさ」

「ほんとに、なにもなかったので？」

男は念を押すように、ねじった上体を李之助のほうへせり出し、ハッとしたように
その身を引いた。明らかに、入れた問いが怪しまれないか警戒したようすであった。

李之助は追い討ちをかけた。

「みょうなことを訊くお人だねえ。お岩稲荷はいま縁日でもなく、あの近くに自身番
がありやすが、そこもいつもどおりのんびりしたもので。桔梗屋さんも引札《ひきふだ》を配って
大売出しをしているわけでもなし。あ、そうそう。きょうも午前中、あそこの旦那さ
ん、伊兵衛さんでしたねえ」

「そう、そういう名だ」

男はまた身を乗り出し、李之助を凝視した。李之助はその目へ応じるように、

「さっきも街道で見かけやしたよ」

「ええええ！　すりゃあ、まっことで」

「へえ、それがなにか」

「い、いや。なんでもござんせん」

男は腰を上げ、

「ちょ、ちょいと訊いただけで。なんでもありやせん。ただ、あっしの古い知る辺と

いっただけのことで」

逃げるように敷居を外へまたぎ、障子戸を閉めるのも忘れたか、開け放したまま街道のほうへ木戸を足早に抜けて行った。

六

（やつだ。間違いない）

追うように、杢之助は下駄をつっかけおもてに出た。往来のなかに、塩町のほうへ向かう男の背を確認するなり居酒屋の暖簾をくぐり、

「清次旦那にちょいとネ」

板場に顔を入れ、

「来やがった。頼むぜ」

ささやき、すぐ外に出た。

清次はすぐ手配をした。店はこれから混む時分だ。おミネに言って〝ご用のお方はおもての居酒屋へ〟と記《しる》した半紙を腰高障子に貼りつけた。店が空いている時分ならおミネが留守番に入るのだが、混んでいるときに人手を割《さ》き、他人《ひと》の目に、

『木戸番さんとおもての居酒屋さん、いったい……』

不自然に映ってはならないのだ。

暖簾から出てふたたび街道に立ったとき、男の背は見えなくなっていた。だが、行き先は分かっている。左門町の木戸から、両側から石垣がせり出し往還が石畳に敷かれた四ツ谷大木戸まで、五、六丁（五、六百米）はあろうか、長善寺の門前町はその中ほどにある。急いだ。

「おっとっと」

前から来る荷馬を避けようとすると、うしろから来た町駕籠がかけ声とともに土ぼこりを地に這わせ追い越していった。

見えた。すぐに消えた。男の背が、門前町の通りに入ったところだ。目的も分かっている。桔梗屋のようすをさぐり、生きていることを確かめると、きょうはそのまま引き揚げるだろう。

（そういえば、深手を負わせた感触ではなかった）

男は思い起こし、伊兵衛は深夜に息を吹き返し、一人で塩町まで帰りついた……想像するだろう。さらに一両日はようすを見るに違いない。杢之助の目的は、男の塒《ねぐら》を確かめることだ。男は雪駄に着流し……遠くから来たのではない。

桔梗屋は、門前町の通りの中ほどを脇道へ入ったところにある。男の足はそこに入り、すぐに出てきた。〝忌中〟ではなく、左門町の木戸番人が言ったとおり、いつもと変わりなく暖簾を出し商っているのを確かめたのだろう。街道の枝道といってもさすが門前町で、左門町とは違って人通りに絶え間のないのがさいわいだった。李之助は近くの脇道の角に身を隠した。見える。男はいま来た街道のほうへ戻り、李之助の潜むすぐ前を通り過ぎ、ふたたび街道に出ると四ツ谷大木戸のほうへ曲がった。

（やはり近くに塒を置いていやがったか）

思い、李之助はあとを尾《つ》けた。四ツ谷大木戸を西へ抜けると、そこはもう甲州街道最初の宿場となる内藤新宿《ないとうしんじゅく》だ。旅籠から女郎屋に木賃宿、賭場と、そこにはなんでもそろっている。

男は宿場の表通りを進み、途中で脇道に入った。裏通りの東西屋《とうざいや》と屋号を染め込んだ古ぼけた暖簾の中に入っていった。木賃宿だ。李之助は安堵した。そうしたところに寝泊りしているのなら、この土地に根を下ろしている者ではない。行商人でなければ流れ者である。扱いやすい。

「よし」

李之助は木賃宿の屋号を確認すると、その足で内藤新宿の知る辺を訪ねた。店頭《たながしら》の久左《ひさざ》だ。内藤新宿は宿場といっても江戸の町と一体になっており、昼間は街道を行き交う物資の集散地で馬糞や人足たちの汗のにおいが、威勢のいい荷の積み下ろしのかけ声とともに表通りにも枝道にも充満しているが、日の入りとともにそれらは消え、脂粉《しふん》の香《か》とともに妓《おんな》たちの嬌声が取って代わり、通りをそぞろ歩くのも嫖客《ひょうかく》たちといった色街に変貌する。

昼間の町を仕切っているのは旅籠や大店《おおだな》のあるじなどで構成する町役たちだが、夜に入ってからの町の治安を守るには、即実力行使のできる店頭たちの仕切るところとなる。世の溢《あぶ》れ者たちだが、町の顔役でもある。内藤新宿にはそうした店頭が数人、それぞれに命知らずの子分どもを従え、縄張を定めて棲《す》み分けている。久左はそれらのなかでも、最も有力な一人である。

「おぉう、これは左門町の。久しいねえ。榊原の旦那はお元気ですかい」

と、李之助が訪《おとな》えば相好を崩す。みずから左門町の木戸番小屋に訪いを入れたことも幾度かある。見るからに遊び人といった風情だが、桔梗屋にからみついているらしい男とは貫禄が違う。

「宿《しゅく》の木賃宿に巣喰っている男が……」

杢之助は話した。塩町の桔梗屋の名も出し、場所がお岩稲荷で町役たちが〝なかったこと〟として処理したことまで詳しく……。相手が久左なら、隠し事をすればかえって話は進まない。話してもそこから洩れる心配はない。そうした仁義のもとに、店頭という稼業は成り立っているのだ。それに、久左も榊原真吾と同様に杢之助を、

（ただの木戸番じゃねえ）

見抜いている男なのだ。かつて内藤新宿から四ツ谷にかけ〝世のため〟と闇走りをしなければならなかったことがあり、久左に榊原真吾も加わり、源造まで仲間に入れ奔走したこともあるのだ。久左が過去を詮索するような人間でなく、自分も詮索されたくないからだろうが、そこがかえって互いに心を開く要因となっている。

「どんな事件になるか分からねえ。いずれにせよ大木戸の内側の話だから、処理については首を突っ込まねえでもらいてえ。しばらく泳がしておきてえのだ」

杢之助は言い、

「承知」

久左は返した。木賃宿の東西屋に寝泊りしている男の素性を、

「相手に覚《さと》られぬよう」

洗うことだけを頼んだのだ。久左は〝承知〟とともに、

「宿《しゅく》を塒《ねぐら》に大木戸の向こうでを悪戯《わるさ》をするなんざ、俺たち宿の者としても見過ごせることじゃねえ」

と、進んで合力《ごうりき》する姿勢を見せたものだった。

内藤新宿から杢之助が左門町に戻り、〝ご用のお方は……〟の張り紙をはがしたのは、清次の居酒屋がそろそろ夕の仕込みにかかろうかという時分だった。木戸番小屋には二、三人、お客があったようだ。草鞋《わらじ》や手桶の代金がすり切れ畳の上においてある。清次がフラリと顔を見せ、

「さっき暇ができたとき、手習い処に行って榊原の旦那に晩めしはうちでって告げておきやした」

杢之助が〝男〟のあとを尾けたからには、何かはつかんだはずである。

「おう。夕の時分どきならちょうどいいかもしれねえ。ありがてえぜ」

「店が引けてから、またチロリを提げて来まさあ」

清次はすぐに帰った。杢之助が〝ちょうどいい〟と言ったのは、宿の店頭なら木賃宿の泊まり客の素性を洗うなど朝めし前で、とくに久左なら行動の迅速なことを杢之助は知っているからだった。

予想したとおりだった。陽が西に大きくかたむき、仕事から帰ってきた松次郎と竹

五郎が湯屋に行ってからすぐだ。きょうも二人の口から〝お岩稲荷〟の名は出ず、杢之助もつい源造に頼まれた野博打の話を言いそびれた。いまは〝お岩稲荷〟の件で手が一杯といったところか、気分的にも野博打まで手を広げる余裕はないのだ。湯屋へ急ぐ松次郎と竹五郎の背を見送りながら、

（源造さん、すまねえ。野博打の噂、きっと集めておかあ）

心中に詫びたものである。

ほとんどそれと入れ代わるようにだった。竹五郎が外から閉めた腰高障子を、また外から開けたのは、杢之助も顔を知っている久左の子分で与市《よいち》という若い衆だった。

「へい。久佐《うち》の親分の遣《つか》いで」

与市は前置きを入れ、

「実はあの野郎なら、あっしも知っているんで」

と、三和土に立ったまま話しだした。なるほど久左がこの若い衆を遣いに立てた理由が分かった。

男の名は弥三郎《やさぶろう》といい、十日ほど前から一人で木賃宿の東西屋に泊まり込み、

「最初の二、三日は久佐《うち》一家の賭場にも面《つら》を出していやしたが、あっしはそこで弥三郎を目にとめたんでさあ。へえ、その、あっしはちょいと壺振りなどしておりやして

ね。野郎の仕草、どう見ても堅気じゃござんせん」

やはり流れ者とみて間違いないようだ。

「その後は久佐一家《うちち》の賭場には来ておりやせん。他の店頭さんの賭場にも行っていねえようで。ときおり大木戸を越え、なにをやってるのか気になってたんでさあ。そこへ木戸番さんからの話があったもんで、大木戸のこちら側は木戸番さんに任せ、宿《しゅく》のほうではあっしが野郎を見張っておくようにと、親分に言われやした。それに、へい、木戸番さんとのつなぎ役もあっしにやれ、と」

「ほう、それは心強い。与市さん、よろしく頼みますよ」

「へい。こちらこそ」

と、与市は用件だけ話し、まわりを憚《はばか》るようにさっさと引き揚げようとするのを、

「あ、与市どん」

引きとめ、

「つぎは大木戸のこちら側でもかまうことはねえ。もっと弥三郎を尾《つ》けて動きを探ってくだせえ。なにか不審なことがありゃあ、ここに知らせてもらいてえ」

「え。いいんですかい？　そうさせてもらいまさあ」

与市はあらためて敷居をまたぎ、ソッと腰高障子を閉めた。

李之助はその障子戸を見つめ、大きく息をついた。心強く思ったのは、本心からである。弥三郎とやらは、久左も関心を寄せている与太だった。互いに合力できる素地があったのだ。

「ほおう、それは好都合ですなあ」

さらにまた与市と入れ代わるように顔を見せた榊原真吾も言ったものである。真吾は麦ヤ横丁で手習い処を開く前は、内藤新宿で数軒の旅籠《はたご》の用心棒をしていた。だから当然、久左も知っておれば内藤新宿の町の仕組も心得ている。だから〝世のため〟になる闇走りなら一緒に走り、久左も李之助の顔を見るなり〝榊原の旦那は〟とご機嫌伺いを立てたのだ。

その夜、熱燗のチロリを提げて木戸番小屋の腰高障子を音もなく開けた清次も、

「さようですかい。いよいよ動き出すってことですね」

いくらか緊張気味に言った。

だが、もどかしかった。久左の若い衆が内藤新宿で張りついてでも弥三郎を見張るのは容易だ。しかし、李之助の木戸番小屋から長善寺門前町の桔梗屋は離れている。見張りなどできなければ、まして張りつくことなどなおさら無理だ。

「おコマを見ておれば、桔梗屋さんの動きはいくらか分かるんじゃねえですかい」

「ふむ」

清次が言ったのへ、李之助は頷いた。そのとおりかもしれない。

翌日からである。かつては太一が木戸番小屋に朝の声を入れ、昼八ツの鐘のあと木戸番小屋に跳び込んできていた時刻だ。李之助は街道に出て、おコマが手習い道具をヒラヒラさせながら麦ヤ横丁に入り、また出てくるのを見つめた。

変化のないまま、二日が過ぎた。李之助にはそれが長く感じられた。三日目の夕刻である。内藤新宿から与市が李之助を訪ねてきた。

「弥三郎め、いましがた、長善寺の門前町に入って行き、すぐに出てきて大木戸の向こうへ帰って行きやしたぜ」

なにをしに、目的が分からない。気になる。

(おや?)

李之助が首をかしげたのは、その翌朝だった。麦ヤ横丁に入るおコマに、母親のおウメがつき添っているのだ。帰りもまた、おウメが迎えに来た。

「おウメさんにねえ、帰りは迎えに来るまで、おコマを手習い処から出さないようにと頼まれてねえ。理由を訊いても話さないのだ。何かが起こっているようだ」

その日、真吾は木戸番小屋に訪《おとな》いを入れ、言った。

（いったい何が）

焦りは募る。李之助はおウメに声をかけてみようかと思った。しかし、まだ木戸の陰から見るだけにした。

「——ともかくようすを見よう。おコマは相変わらず明るい子でねえ、そこに変化は見られないのだ」

真吾は言ったのだ。木戸を閉める前の夜まわりに、足を伸ばそうかと拍子木を打つたびに思った。しかし、お岩稲荷ならともかく、長善寺の門前町はちょいと離れすぎている。李之助が足を伸ばすには不自然だ。

そこへ、アッと目を瞠《みは》る事態があった。おウメが手習い処への送り迎えをするようになってから、四日目のことだ。

昼八ツの鐘が鳴り、李之助はおもてに出て木戸の陰から麦ヤ横丁の出入り口に視線を投げていた。手習い子たちが走り出てくる。以前なら、そこに太一もいたのだ。この四日間、毎日のこととはいえそのたびに、

（いまごろ太一は）

思えていた。

いくらか遅れて、

（あれ？）

おウメがまだ迎えに来ていないのに、おコマが手習い道具を手に一人でヒョコヒョコと街道に出てきた。そこへおウメが下駄の音もけたたましく走ってきたのだ。

「おコマ！」

走り寄ったおウメは小さな肩を両手でつかむなり、

「おっ母さんがちょっと遅れたからといって、勝手に出てきちゃだめじゃないの！」

揺さぶり、抱き締めた。往来の者は振り返る。おコマは母親に叱られ泣きそうな顔になった。そこへ麦ヤ横丁の奥から真吾が走り出てきた。

「あぁあ、ここで出会いましたか。つい目を離したすきにいなくなってしまいましてなあ」

「これは、これは、お師匠さま。いつもご迷惑をおかけして申しわけありません」

安堵したように言う真吾に、おウメはおコマの肩を抱き寄せたまま礼を述べ、

「さあ、おコマ。もう一人で外へ出てはいけませんよ」

諭《さと》すように言い、おコマの手を引き塩町のほうへ向かった。おコマはまだ泣きそうな顔で手を引かれている。

杢之助はその大小の二つの背を見送り、木戸を出た。

「榊原さま」

「お、、李之助どの。見ていたか。尋常ではないぞ」

二人は街道で立ち話になった。一人で外へ出てはならぬ……おウメはおコマに言った。李之助も木戸の陰で確かに聞いた。それほどおウメの声は大きかったのだ。

立ち話のまま二人は頷きを交わし、場所を木戸番小屋に変えた。李之助が動き、桔梗屋伊兵衛に迫って隠し事を吐露させるきっかけが、ここにできたのだ。

七

木戸番小屋の中で、李之助は腰を上げた。陽が沈みかけている。帰りは遅くなるだろう。ふところに提灯を入れ、首には火の用心の拍子木を提げている。すり切れ畳の上で見送ったのは榊原真吾である。陽が落ちてから、荒物を買いに来る者はいない。留守番を松次郎と竹五郎に頼もうと思ったが、

「――こたびはなにぶん、端《はな》から極秘のうえに、何がどう展開するか分からぬゆえ、俺が控えていよう」

綿密な打ち合わせのあと、真吾が言ったのだ。着流しだが大刀を一本、途中でわ

ざわざ手習い処まで取りに帰った。この動きは、栄屋藤兵衛にも知らされていない。きょう昼間の、おウメの取り乱した態《てい》から、

「――流れ者の弥三郎は、おコマを拐《かどわ》かそうとしているのではないか」

杢之助と真吾は判断したのだ。

桔梗屋伊兵衛の疵は、いまもさらしをきつく巻き、長く歩いたり重い物を持ったりするのは困難だが、

「――日常の動きはもう問題ない」

ことは、真吾が最初に診たよしみで、医者から聞きだしている。

街道は日の入りを迎え、荷馬や大八車も明るさのあるうちにと動きが慌しく、旅姿の者もようやく江戸に入ったとの安堵の表情を浮かべながら足を速めている。

杢之助はそれらの動きに混じり、長善寺の門前町に折れた。通りに面した商舗《みせ》は暖簾を降ろしはじめ、飲食の店は逆に軒提灯を出しはじめている。あと小半刻もすれば、通りはポツリポツリとそれらの灯りが闇に浮かぶばかりとなるだろう。

(こんなのは初めてだぜ)

門前町の通りに歩を踏みながら、杢之助は胸中に呟《つぶや》いた。必殺の足技を使うのではない。言葉で鎌をかけ、真相を探りだそうというのだ。しかも、日ごろ顔見知りの

相手からである。その準備にも、清次が真吾の依頼で店の混むときに長善寺門前町に走り、一応のととのえはしていた。

　桔梗屋への脇道に入った。手代が外に出て、暖簾を降ろしているところだった。おウメの姿もチラと見えた。好都合だ。家の者はすべて商舗のほうへ出ているようだ。杢之助は路地から裏手の勝手口にまわった。

　裏の板戸を叩くと、果たして伊兵衛が出てきた。杢之助の顔を見ると、

「あぁ、左門町の木戸番さん。一度、お礼に伺わねばと思ってたところなんですよ。おかげさまで、ほれ、このとおり」

　相好を崩したなかにも、これまでまだお礼に行っていないきまりの悪さを見せている。

「そのことなんですよ。ちょいとお訊きしたいことがありましてね。あのとき銀杏の木の下で、誰なんです？　おまえさまに斬りつけた黒い影は」

「えっ！　き、木戸番さん、み、見ていなさったので!?」

　伊兵衛は驚愕の態となった。予想どおりだ。

「――伊兵衛さんは、どこまで見られていたか、気にするはずだ」

　木戸番小屋での打ち合わせのとき、真吾は言っていた。その場で杢之助が近くの居

酒屋に誘うと、伊兵衛は戸惑いながらも応じた。桔梗屋とは一本筋違いの脇道にある居酒屋を兼ねた飯屋《めしや》で、入れ込みの板敷きの奥に四、五人用の座敷が二部屋ほどある作りになっている。同業のよしみから清次が、

「――左門町の木戸番と、この町の桔梗屋さん、ちょいと話があってねえ」

と、一部屋空けておいてくれるよう手配していたのだ。座敷といっても、畳は敷いてあるが襖《ふすま》ではなく板戸で仕切った、飾り気のない部屋である。入る前に、仲居に伊兵衛が来ていることを知らせに桔梗屋へ走ってもらった。むろん、

「心配なさらぬように」

杢之助は言付けた。

部屋の中はすでに薄暗い。それでも向かい合わせに座ると、伊兵衛の顔面が蒼白になっているのが看《み》て取れる。

「そ、それで木戸番さん。話も、話も聞きなさったのか」

伊兵衛のほうから話しだした。

「そこまでは……。お二人とも、声を押し殺していなさったからねえ」

もちろん、予想である。だが、ますます緊張する伊兵衛に、杢之助は予想が現実であったことへの確証をいっそう強めた。あとは押しの一手である。

「鳥居の陰から、聞き取れませんでしたがね、なにやら秘密めいた……。だから儂は声をかけることができなかったのですよ。それに、緊迫した雰囲気でしたからねえ。するとお二人は突然揉み合いになるなり男が斬りつけ、おまえさまは銀杏の木に頭をぶつけて、そのまま崩れ落ちなさった。儂はもうびっくりして、思わず鳥居の陰から飛び出しましたのじゃ。男は素早く逃げ去りました。それで近づくと血が……。もう恐ろしゅうて、夢中で忍原の自身番に駈け込んだのですよ」

「そ、そうでしたか」

　話の内容までは聞かれていなかったことに、伊兵衛はいくらかの安堵を覚えたようだ。杢之助は追い討ちをかけた。

「忍原と左門町の町役さんたちは、あれを〝なかったこと〟にされましたがね、儂は見てしまった以上、他人《ひと》には言えず、気になって仕方がないのですよ。なにかまた、大きな事件でも起こるのじゃないかと、もう心配で心配で」

　胡坐の膝に乗せた伊兵衛の手が、かすかに震えている。杢之助はつづけた。

「あの男、弥三郎という流れ者なんですってねえ」

「げぇ」

「おっと、あまり動いたら疵に障《さわ》りますよ、桔梗屋さん」

相手の名を言われ、驚愕したように一膝うしろへのけぞった伊兵衛に、杢之助は落ち着いた言葉をかぶせた。

「火を入れましょうか」

仲居が行灯《あんどん》の種火《たねび》を持ってきて、注文も訊いた。顔の輪郭しか見えなくなっていた部屋に、ボッと明るさが入った。二合徳利を一本注文し、あとは簡単な肴《さかな》だけにした。おそらく伊兵衛は、豆腐でもいまは喉を通らないだろう。

仲居が退散すると、

「見かけたのですよ、その男を。木戸番をしておりますとねえ、輪郭だけで相手の見分けはつくのですよ。儂はあとを尾けましてね」

杢之助はつづきを話しはじめた。

「内藤新宿の木賃宿に塒《ねぐら》を置いていましたよ。なんでも、宿《しゅく》の店頭《たながしら》さんたちとも諍《いさか》いを起こしそうなようすだとか」

「き、木戸番さん。なぜそこまで!?」

「あはは、桔梗屋さん。このことには手習い処の榊原さまが、すごく心配しておいででしてねえ。桔梗屋さんの胸に、最初にさらしを巻いて血を止めなすっただけではありません。おコマちゃんのお師匠じゃありませんか。それに榊原さまは以前、内藤新宿で旅籠などの用心棒をなさっていたこと、ご存じでしょう」

「うっ」

伊兵衛は返事とも呻《うめ》きともつかない声を返した。

「あの町の日陰の部分、榊原さまなら聞き込むのは簡単ですよ」

李之助の言葉に、伊兵衛は無言で頷いた。李之助はさらにつづけた。

「このことは、まだ儂と榊原さましか知りません。ですがねえ、桔梗屋さん。弥三郎とやらが宿《しゅく》で諍いを起こし、御用にでもなったら、せっかく忍原と左門町の町役さんたちが〝なかったこと〟にしなさっても、おもてになってしまいますよ。そうなればば町役さんたち、事件秘匿の咎《とが》で縄を打たれるかもしれません。もちろん儂も、見て黙っていたのですから、ただでは済まなくなります」

板戸の向こうにまた仲居の声がして、二合徳利一本と簡単な煮込みを載せた膳を運んできた。

「酌は儂がするから」

李之助は仲居を外に出し、

「深酒は疵によくないですが、少しなら別状ないでしょう」

言いながら伊兵衛のお猪口《ちょこ》に徳利をかたむけ、自分のにも注いだ。伊兵衛は声もなく、固まっている。膝の上の手だけが、なおかすかに震えている。

「桔梗屋さん、榊原さまに預けなさいましよ。あのお方、心底から心配しなすっておいでです。儂もこのこと、榊原さま以外には話しません。榊原さまからも、一切口外無用と言われましてね。それを守っております」

伊兵衛は意を決したように、まだ震えのとまらない手でお猪口をぎこちなく口に運んだ。こぼれたが、ぬぐおうともしない。

「呑みなさいまし」

李之助はふたたびお猪口に徳利をかたむけた。

「それにね、榊原さまはきょう街道で、ご新造《しんぞう》さんのようすを見なさって、おコマちゃんになにか及んでいるんじゃないかとおっしゃいましてねえ。儂も左門町の木戸の陰から見ておりました。尋常ではなかったですよ、ご新造さんのあのようすは」

〝おコマ〟の名が出たとき、伊兵衛の身はビクリと動いた。

「桔梗屋さん、おもてにご新造さんが見えておいでですが」

板戸の向こうから、仲居の声が入ってきた。おウメにしても、李之助からの〝心配なさらぬように〟との言付けがあっても、心配せずにはいられないのだろう。

「な、なんでもない。そう、そう言っておいてください」

「そうなんです。すべてご心配なさらずに、と」

伊兵衛が慌てたような、切羽詰った声を板戸の向こうへ投げたのへ、杢之助は落ち着いた口調でつないだ。

「へえ。そのように」

板戸の向こうに、人の気配は去った。実際、〝すべて心配いらない〟手筈はととのえている。もしこのとき、弥三郎が桔梗屋の周辺をうろついていたなら、久左一家の与市が尾けており、すぐ左門町の木戸番小屋に知らされるだろう。そこには榊原真吾がいる。真吾はすぐさま大刀を腰に駈けつけるはずだ。そのための、真吾の留守番であったのだ。

伊兵衛の緊張はまだ鎮《しず》まらない。杢之助の話では、事態は桔梗屋伊兵衛だけの問題ではなくなっている。忍原横丁や左門町など、多くの町役たちを巻き込んだ町全体の問題へと拡大するかもしれないのだ。

杢之助はお猪口で口を軽く湿らせ、

「考えてもみなさいましよ」

お猪口を膳に戻した。部屋の明かりは、すでに行灯《あんどん》のみとなっている。

「別のところから、なにやら伏せているものがおもてになってしまったのでは、それこそ取り返しのつかないことになってしまうのじゃないか、と。いまなら、伏せておくべきところは伏せ、うまく収めることもできるのじゃないか、と。実はね、桔梗屋さん。儂がきょうここへ来たのは、榊原さまに頼まれたからなんですよ」

「榊原さまが……？」

伊兵衛は初めて言葉での反応を示した。

「そうなんです。儂は、単なる榊原さまの遣い走りにすぎません」

「木戸番さん！」

いきなりだった。伊兵衛はふたたびお猪口を口に運び、空になったのを音を立てて膳に戻し、杢之助に視線を向けた。

「こ、これは、たとえ、たとえの話です。そ、そう思って聞いてくだされ！」

「はい」

杢之助は威儀をただした。伊兵衛は話しはじめた。

「むかし、そお、二十年近くも前のことです。甲州街道の、その、甲斐国《かいのくに》のある宿場です。喰いつめた、二人のガキがおりました。も、もちろん、他人《ひと》から聞いた話ですが」

声は低く、震えている。杢之助は頷いた。

「餓える寸前でした。金のありそうな旅の商人を見つけ、襲いました」

「ほお、まるで講釈に出てくるような話で」

「そうなんです。わ、私も、聞いた話ですから」

「それで、つづきは？」

「殺すつもりは、なかったそうですが、つい……」

伊兵衛の肩が震えだし、声がつまった。李之助は穏やかに接ぎ穂を入れた。

「はずみで、殺してしまったと……？」

「はい。それで思わぬ銀《かね》にありつき、二人は江戸へ出て、ここからは他人同士と、別れました」

「きっとその二人、まったく別々の道を歩んだのでしょうねえ。芝居では、およそそうなりますが」

「そお、悪い、悪い芝居なのです」

伊兵衛の口調に、李之助はすべてを解した。隠していたものを吐き出し、気が落ち着いたのか、伊兵衛の肩と手の震えはとまっていた。

伊兵衛には甲斐の宿場での犯行は、それこそ悪夢であったろう。それに苛《さいな》まれながらも真っ当に生き、嫁ももらって借家ながら長善寺の門前町に扇子屋の商舗を構え、屋号も可愛らしい〝桔梗屋《ききょうや》〟と名づけ、それにもまさる女の子にも恵まれた。

一方の弥三郎は、あの宿場の延長のような人生を歩んだ。身に滲みた悪《わる》の臭いが、もう消せないほどに……だから弥三郎が木戸番小屋に探りを入れに来たとき、李之助は容易に嗅ぎ取ることができたのだろう。

その弥三郎が伊兵衛を見かけたのは、内藤新宿の木賃宿の東西屋に草鞋《わらじ》を脱いだ前後のことになろうか。その日が、桔梗屋伊兵衛には地獄の日々の始まりとなったのであろう。

「――へん、おめえが扇子屋？　それも桔梗屋。花の名など、笑わせるぜ」

弥三郎は伊兵衛に言ったことであろう。弥三郎には失うものは何もない。しかし、伊兵衛には多すぎる。悪党の習いはいずこもおなじだ。

「――思い出すぜ、あの日のことをよう。黙っててやるから……」

弥三郎は伊兵衛を強請《ゆす》ったはずだ。その受け渡しの場が、あの日の夜、塩町からはいくらか離れた、忍原のお岩稲荷の境内だった。

伊兵衛は、かなりのまとまった金子を弥三郎に渡した。

「――もう、もう二度と、私の前に現われないでおくれ」

伊兵衛は言ったはずだ。

だが、弥三郎は言った。

「――へへん。これで俺は一生、銀《かね》には困らねえ」

伊兵衛は驚愕し、

「――話が違うではないか！」

夢中で弥三郎に飛びついた。弥三郎は驚き、とっさにふところの刃物を抜いた。

あとは胸の疵の状況から、真吾の想像したとおりであろう。

弥三郎は殺したと思い込み、その場から逃げた。そのあとのことは、杢之助が一番よく知っている。

弥三郎は逃げ帰った内藤新宿の東西屋で怯《おび》え、現場に探りに出た。

そこで、さらに驚いたことであろう。隣の左門町の木戸番小屋に聞き込みを入れ、塩町へ実際に見に行っても、木戸番人が言ったとおり、何事もなく桔梗屋は桔梗の花模様の暖簾を出し、商いをつづけている。

弥三郎はつぎの策にかかった。脅《おど》し文《ぶみ》を投げ込んだ。拙《つたな》い字で、

――娘が可愛ければ……

伊兵衛とおウメは震え上がった。

「桔梗屋さん。お任せしなせえ、榊原さまに。弥三郎のような非道《ひど》い野郎に、桔梗屋

さんへは指一本、指さしゃしねえ。おっと、弥三郎のことを思えば、儂まで似たような言葉になってしまいました。ともかく、しばらくはおコマちゃんの送り迎えはつづけなさいまし。そこまで分かれば……おっと、これは他人《ひと》さまの話でござんしたねえ。ともかく榊原さまがその気になってくだされば百人力、いや、千人力ですよ」


杢之助は身を乗り出し伊兵衛の肩をポンと叩き、

「さあ、ご新造さんが心配しておいででしょう」

腰を上げた。

二合徳利はほぼ空になっていたが、肴にはほとんど箸はつけられていなかった。杢之助はふところの提灯を出し、その場で行灯から火を取った。

おもてに、おウメが待っていた。

「あ、左門町の木戸番さん」

「あぁ、ご新造さん。安心してくだせえ、大船《おおぶね》、大船。榊原さまが一肌《ひとはだ》も二肌《ふたはだ》も脱いでくださいまさあ。おコマちゃんは可愛い手習い子ですからねえ」

「おまえさん！」

杢之助は笑顔をつくり、その居酒屋の前を離れた。

「おウメ！」

桔梗屋夫婦の声を、背に聞いた。

「ふーっ」

李之助は大きく息をつき、街道に出た。巨大な闇の空洞のようだ。内藤新宿から府内へ帰る酔客であろうか、ところどころに提灯の灯りが揺らいでいる。

足は左門町に近づいた。

「火のーよーじん」

一声上げ、

――チョーン
拍子木を打った。芝居ならこれで幕というところだが、いま打ったのには、幕の開く響きがあった。

木戸を閉めるにはまだ早い時刻だ。清次の居酒屋に明かりはなく、すでに雨戸も閉めている。おミネはもう長屋に引き揚げ、寝ているだろうか。帰りに木戸番小屋に声を入れ、真吾が留守番をしているのへ、

「あらら」

驚いたことだろう。

木戸を入った。この時分、左門町の通りで明かりといえば、木戸番小屋から洩れる

かすかな灯だけだ。

　真吾は待っていた。

　ようすを聞けば、予想どおりに進んでいる。しかし、

「ふむ。やはり」

　真吾は頷くように返しただけだった。その表情からはむしろ、

（この決着、いかにつけるべきか）

　迷いの色が窺《うかが》えた。かといって、すぐに次の策が浮かぶものではない。

　真吾の持った提灯の灯りが、向かいの麦ヤ横丁に入るのを待っていたかのように、また気配が木戸番小屋の前に立った。

「入りねえ」

　杢之助の声に、腰高障子が音もなく開いた。清次だ。今宵も、熱燗のチロリを提げている。油皿の灯芯の炎が揺れるなか、ふたたび杢之助は話した。

「さようでしたかい」

　清次は頷き、

「許せやすか？」

「許せねえ」

「いえ、弥三郎のことじゃござんせん。伊兵衛旦那のことですよ」

「だから、許せねえって言ってるんだ」

李之助は機嫌が悪かった。思わぬ伊兵衛の過去だったのだ。

「だったら、どうしなさるので？」

「どうするって、おめえ。おコマちゃんを、人殺しの子にできるかえ。え、、おウメさんを、人殺しの女房にできるかえ」

「それは……」

「だから、榊原さまも苦悶されてるんじゃねえか。儂、儂だってよう」

「………」

話は進まなかった。

チロリがかたむき、湯飲みが幾度か動き、

「おっ、もうそろそろ夜四ツ（およそ午後十時）の鐘が聞こえてくる時分だぜ」

木戸を閉める時刻だ。李之助は言うと腰を上げ、ふたたび提灯に油皿から火を取った。

清次も腰を上げた。

李之助は提灯を提げた棒を腰に差し、拍子木を両手に暗い空洞となった左門町の通りへ歩を進めた。

「火のー、よーじん。さっしゃりましょーっ」

――カチョーン

乾いた音が響く。

清次は居酒屋の裏手で、それを聞いた。

振り返り、呟いた。

「杢之助さん。この舞台、どう決着をつけなさる」

ころがり闇坂《くらやみざか》

一

木戸番小屋で一人、杢之助はフッと我にかえり、

「おう、もう弥生《やよい》（三月）だったのだ」

あたりまえのことを、思い出したように呟《つぶや》いた。腰高障子のすき間から入ってきた風が、生暖かかったのだ。ここ数日、

（どう料《りょう》ればいいのだ）

思考の大半を占め、頭から離れない。

それは杢之助ばかりではなかった。手習い処の榊原真吾も同様だった。五歳のおコマと毎日接している真吾のほうが、それへの思いはむしろ強いのかもしれない。桔《き》梗屋《きょうや》伊兵衛を脅している、弥三郎のことだ。

(許せない)

二人に共通するその思いは、

——決意
と言ってもよかった。

しかし、強請《ゆすり》の種《たね》を伏せたまま弥三郎だけを料ったのでは、事は収まっても、

(引っかかるものが残る)

そこも、二人には共通していた。

それはまた、杢之助と真吾だけではなかった。

「——そりゃあ内藤新宿には久左《ひさざ》さんもいますまさあ。ちょいと合力《ごうりき》を頼めば、弥三郎の始末なんざ難しくはござせんでしょう。しかしねえ、そのあとですよ」

と、深夜に酌み交わすなかに清次も口ごもり、

「——桔梗屋の伊兵衛さんと、いままでどおりにつき合えますかい」

表情を曇らせるというよりも、苦汁を滲《にじ》ませていた。

晴れた日の、太陽が中天をかなり過ぎた時分だった。いましがた生暖かい風が入ってきた腰高障子に、人影が立った。杢之助をフッと我にかえらせたのは、入ってきた風よりも、同時に聞こえた雪駄《せった》の音だったかもしれない。

肩をいからせたあの雪駄の響きは、

（来なすったかい）

李之助はすり切れ畳に胡座《あぐら》を組んだまま、身構えた。

すき間から大きな手が見え、

「おう、バンモク。いるかい」

だみ声とともに腰高障子が勢いよく開けられた。そのだみ声のたびに、李之助は障子戸が壊れないかと心配する。岡っ引の源造だ。

「いたら返事くらいしろい」

源造は木戸番小屋の三和土《たたき》に踏み入るなり、荒物を押しのけたすり切れ畳にデンと腰を投げ下ろし、片方の足をもう一方の膝に乗せ、李之助のほうへ上体をねじった。その目は李之助を見つめ、太い眉毛をヒクヒクと動かしている。

（覚《さと》られてはまずい）

お岩稲荷で桔梗屋伊兵衛が弥三郎に斬りつけられた一件だ。町役たちの緘口令《かんこうれい》はなお厳然としているが、やはり不安だ。

（わざわざ時分どきをはずした時刻に、いったいなんの話があって）

李之助はお岩稲荷の一件から離れようと、

「このまえ頼まれた件なあ、松つぁんも竹さんも、まだ耳にしていねえようだ。儂《わし》も本腰を入れて探ってみることにするよ」

「おう、そのことで来たのよ」

源造はひときわ大きく太い眉毛を上下させた。李之助は内心ホッとしたものを覚えた。といっても、新たな懸念が湧いてくる。源造から〝このまえ頼まれた件〟とは、近ごろ四ツ谷界隈にはびこっているらしい野博打《のばくち》のことだ。もし左門町かその近辺にも出没していたなら……新たな懸念とはそこにある。源造がその胴元を挙《あ》げたなら、奉行所は一つひとつ裏を取るため現場となったところに出張《でば》ってくるだろう。

（左門町にも……）

可能性がないとは言えない。客になった者まで挙げられ、そこに左門町の住人がいたなら、それこそ同心が李之助の木戸番小屋を詰所《つめしょ》にし、

「――奉行所にはなあ、どんな目利きがいるか知れたもんじゃねえ」

ことになる。

「ほう、源造さん。なにかつかんだのかい」

「あゝ、つかんだっていうほどのもんじゃねえが。そやつめ、どうやら一人で動いているらしい。それも俺の縄張内《しまうち》に塒《ねぐら》は置いていねえ。臭《くせ》えところにはさんざん探り

を入れたが、浮かび上がる野郎はいなかったからなあ」

「だったら、内藤新宿か赤坂《あかさか》あたりに棲《す》みついて、四ツ谷界隈に出張ってきているってことかい」

「そうよ。現場さえ押さえれば一丁上がりってことになるんだが、それがなかなかできねえ」

「あんたの下っ引になりたがっている炭屋の義助どんと乾物屋の利吉どんはどうなんだい。なにか噂をつかんでこねえのかい」

「あはは。あいつらヒョロヒョロしやがって、大店《おおだな》の若旦那じゃあるめえし、小さな商舗《みせ》のせがれふぜいに丁半の声がかかるかい。噂だって耳に入りゃしねえ」

「だったら左門町《うちち》の松つぁんと竹さんに、もう一度念を押しとかあ。こっちも野博打なんて吝《けち》な野郎にうろつかれたんじゃ、町のためにもよくねえからなあ」

「あ、頼むぜ。あの二人なら町中《まちなか》にじっくり腰を据える商《あきな》いだから、いい話もつかめるってえもんだ。あいつらこそ、俺の下っ引にしてえんだがなあ。おっと、きょう来たのはそれだけじゃねえ」

　杢之助はドキリとした。

　だが、懸念には及ばなかった。

「その野博打野郎、近辺に塒《ねぐら》を置いてこっちの界隈に出てやがると目串《めぐし》をつけてよ、赤坂のほうは向こうの同業の伊市郎《いいちろう》に頼んでおいたがよ、内藤新宿は大木戸の向こうでちょいと面倒だ。そこでよ、麦ヤ横丁の榊原の旦那から宿《しゅく》の久左どんに渡りをつけてくれるよう、おめえから頼んでみちゃくれねえか」

「そういうことかい。ま、あんた、久左さんと面識があっても、江戸府内の岡っ引が府外の店頭《たながしら》と直截《ちょくさい》に御用の話じゃ、向こうさんが迷惑しなさろうからなあ」

「こきやがれ」

源造はふてくされた顔をするが、榊原真吾がかつて内藤新宿で用心棒をしていて評判のよかったことはよく知っている。杢之助はいくらか皮肉を込めたあと、

「分かった、儂から榊原さまに話しておこう。町のためならあのお師匠、きっとつなぎは取ってくださろうよ」

請負った。好都合だ。源造が直《じか》に大木戸向こうに足を運び久左と膝を詰め合わせたなら、そこにお岩稲荷の一件が話題にならないとも限らない。あいだに榊原真吾が入れば、うまく差配してくれるだろう。

「おう、そうかい。こころよく引き受けてくれて嬉しいぜ。きょうはまあ、それを頼みに来たのだ。松と竹のほうも期待してるぜ。ともかく常習の野博打野郎に縄張内で

チョロチョロされたんじゃ、目障りでしょうがねえ。早くふん縛《じば》らねえと、どんな大《おお》事《ごと》に発展するか知れたもんじゃねえ」

源造は長居をせず、言いながら膝に上げた足を下ろして腰を上げ、もう一度眉毛をヒクヒクとさせ、

「松と竹に言っておいてくれ。俺の下っ引になりゃあ、いい思いもできるぜってよ」

「それはともかくだ、野博打の件、儂も気をつけておかあよ」

「おう、頼んだぜ。松と竹、俺《おり》ゃあ、まだあきらめちゃいねえ」

振り返り、敷居をまたいだ。雪駄の音が街道のほうへ遠ざかった。

「あゝ、いつもこうだ」

杢之助はこぼしながら腰を浮かせ、

（おう、春風だ。このままでいいか）

三和土に下りようとした足をとめた。源造はいつも腰高障子を大きく開けたまま帰ってしまうのだ。

ふたたびすり切れ畳に腰を据《す》えたとたん、

「おっ、いけねえ」

腰をまた浮かせかけた。おもてからけたたましい下駄の音だ。あの音、左門町の通

りの中ほどにある一膳飯屋の小太りのかみさんだ。昼の時分どきが終わったあとで、一膳飯屋も夕の仕込みまでいまがちょうど暇なときだ。おもてに出ていて源造の姿を見かけたのだろう。いつもならこの音を聞くと、長話にならないように敷居のところに立ち、通せん坊をして立ち話をするのだが、

（いや。きょうはいいか）

浮かせかけた腰を下ろした。一膳飯屋でもあちこちの噂がけっこう行き交うのだ。ただし、その耳に入った噂は、またたくまに左門町はおろか両隣の忍原《おしはら》横丁や塩町、さらに筋向かいの麦ヤ横丁にも広がる。

「杢さん、杢さん。さっきの、源造さんだよねえ。御用の筋でなにかあったの？」

声も大きい。なにごとかと通りを歩いていた人が振り返る。

「座りねえ」

「おや、珍しいねえ。杢さんがあたしに座っていけなんて」

「たまにはいいだろう。どうせ夕の仕込みまで暇なんだろう」

「そりゃあ、まあ、そうだけどさあ」

源造の座っていた場がそのまま残っている。一膳飯屋のかみさんは小柄ながら肉置《ししお》きの豊かな腰をドンとすり切れ畳に据えた。

「さっきのさあ――

「あ、、源造さんだ。そこへ座って話し込んでいったよ」

「で、なに、なに。御用の筋？　どんな？」

かみさんは杢之助のほうへ身をよじった。

「そのことでさ、おかみさんにも訊きたいのだけどねえ」

「えっ、なに？」

一膳飯屋のかみさんは身をねじったまま身を前へ乗り出した。

「なんでも近ごろ、この四ツ谷界隈で……」

源造から依頼された野博打の件を話した。

「ええっ、野博打！　許せないねえ、そんなやつ。誰なんだい」

「だから、とっ捕まえるためにそれの噂を拾ってくれって、源造さんから」

「うん、うん、分かった。あたしからも店に来るお客さんに訊いてみるよ。野博打なんて、もし飯屋《うち》に来たらひっぱたいてひっくくって自身番に突き出してやるよ」

身をねじったまま、かみさんは息巻いた。手軽にどこででも開く野博打は、それだけ町の人が乗りやすく、そこから病みつきになって法度《はっと》になっているなかば常設の賭《と》場《ば》に足を運びだすといった例もあり、始末の悪いものである。一膳飯屋のかみさんはそこに噴《いきど》りを感じているのだ。

杢之助は内心ホッとした。このかみさんなら、町内の夫婦喧嘩はむろん横丁の猫が子を何匹産んだかまで、知らぬことはない。そのかみさんが、野博打の件を知らなかった。ということは、この左門町で野博打に手を染めている者はいないということになる。それに、かみさんの口からお岩稲荷の話はまったく出てこない。見事なまでに事件は隠蔽されている。なるほど源造の耳にも入らないはずである。

一膳飯屋のかみさんは、ひとしきり町内の噂話からあしたの天気の予想まで話し、ようやくすり切れ畳から腰を上げた。源造と違って、

「じゃあ杢さん。噂を聞いたら、すぐ知らせに来るよ」

と、外から腰高障子をキチリと閉める。

その影が、ゆっくりと障子戸から遠ざかった。

二

一膳飯屋のかみさんが、ゆっくりと木戸番小屋から店に戻るということは、おもて向き左門町とその近辺の町々には何事もなく、平穏そのものの日々がながれていると

いう証《あかし》でもある。

しかし、事態は動いていた。

「おう、杢さん。帰《けえ》ったぜ」

と、腰高障子に影が映るのと同時に声が入ってきたのは、きょうもいつものとおり日の入りのすこし前だった。鋳掛屋《いかけや》の松次郎だ。腰高障子が勢いよく開けられ、松次郎の天秤棒と違って、羅宇屋《らうや》の竹五郎は背中から道具箱を降ろすから、木戸番小屋に入るのがいつも一歩遅れる。

だが、きょうは、

「みょうなことを聞いたよ」

と、声だけ松次郎のすぐあとにつづけた。

「ほう、どんな」

杢之助はすり切れ畳の荒物を手で押しのけ、二人分の座をつくった。

松次郎と竹五郎はすり切れ畳に腰を下ろし、交互に話しはじめた。きょうは二人とも隣の忍原横丁をながし、松次郎はお岩稲荷の境内でふいごを踏んでいたという。あの銀杏《いちょう》の木の下だ。

話の中心は竹五郎だった。外での手職《てじょく》商いとなる鋳掛屋と違って、羅宇屋は裏庭に入って縁側に商売道具を広げ、隠居やあるじとじっくり世間話などしながら仕事をするのだから、時にはその家の奥向きを垣間見る《かいまみ》こともあり、噂話でも外で聞くより詳しく聞ける。このため、〝羅宇屋は公儀隠密ではないか〟などと噂された時期もある。源造が下っ引に欲しがるはずである。

竹五郎が呼ばれて入ったのは、忍原横丁の味噌屋万年屋《まんねんや》の裏庭だった。客はあるじの留次郎《とめじろう》だった。李之助も親しくはないがその存在は知っている、四十がらみの血色のいい旦那だ。

万年屋留次郎も、竹五郎が極細の鑿《のみ》で羅宇竹に刻《きざ》む素朴な笹の紋様を気に入っている一人だ。この日、竹五郎は万年屋の裏庭の縁側に商売道具をならべ、留次郎の選んだ羅宇竹に彫《ほり》を入れていた。留次郎もそこに座り込み、竹五郎の手先を、

「――へぇえ、竹さん。器用なもんだねえ」

と、ながめていたらしい。

そこへ、竹五郎が入って開けたままになっていた裏の勝手口から、頬骨が張りつり上がった細い目の、あまり人相のよくない男がソッと入ってきたという。

「この界隈じゃまったく見かけない顔だったよ」

竹五郎は言う。

万年屋留次郎は男の顔を見るなり、

「――あっ」

と、声を上げ、慌てて庭へ下りて下駄をつっかけるなり男を庭の隅に押しやり、二《ふた》言三言《ことみこと》話すと男は辞を低くして帰り、留次郎も縁側に戻ってきたという。

「そのようすがどうも気になってねえ」

「なんの話か訊かなかったのかい」

当然、竹五郎は、

「訊いたさ。すると留次郎旦那、ちょいと慌てなすって〝い、いや。なんでもない、なんでも〟なんて言って、すぐ話題を変えちまいなさった」

「それを帰りに竹の野郎、背中の羅宇竹をカチャカチャ鳴らしながら話しやがったもんで、ピンときたぜ。杢さんがこのまえ言ってた野博打よ」

松次郎が話を引き継いだ。

「源造の頼みってのがちょいと気に入らねえが、まあ、杢さんを通してだし、それに放っておいたんじゃ万年屋さんのためにも町のためにもならねえと思ってよ。急いで帰《けえ》ってきたって寸法よ」

味噌屋の万年屋も松次郎の得意先である。この左門町はむろん、忍原横丁でも塩町や麦ヤ横丁でも、鋳掛仕事で松次郎の得意先でない家など一軒もない。ここもまた、源造が〝俺の下っ引に〟と目をつけている要因である。

竹五郎にその者の人相を訊くと、以前この木戸番小屋に塩町の桔梗屋伊兵衛の探りを入れに来た、あの弥三郎に間違いない。杢之助は心中に緊張を覚えた。

(源造が弥三郎を捕らえたならどうなる)

お岩稲荷の一件が明るみになるばかりか、弥三郎の口から桔梗屋伊兵衛の以前もおもてになろうか。それこそ今年五歳のおコマは、人殺しの子に……、おウメはその女房に……。同時に杢之助の脳裡には、

――この木戸番小屋が同心の詰所に

懸念よりも、恐怖に似たものが走る。

「杢さんどうしたい。俺の考え過ぎってのかい」

「い、いや。そうじゃねえ」

松次郎が顔をのぞき込んだのへ杢之助は慌てて返し、

「だとしたら、源造さんに話すのは問題だぜ」

「あゝ、源造なんてのはどうでもいい」

と、松次郎は言う。

「どうでもいいってことはねえ。源造さんは四ツ谷から市ケ谷まで仕切っている岡っ引だ。背後に奉行所の同心がついているからなあ」

「えっ、そんなら留次郎旦那も手がうしろに？　いけねえ、そりゃあいけねえよ、李さん」

「しっ」

　声を大きくしたのは、丸顔の竹五郎だった。李之助は叱声《しっせい》をかぶせた。

「じゃあ、どうすりゃあいいんでえ」

　角顔の松次郎も真剣な表情になり、皺《しわ》を刻んだ李之助の表情に視線を釘づけた。李之助は応じた。

「ともかくだ、このこと、源造さんの耳には入れず、町内でもしばらく伏せておいたほうがいいよ。そのうえで、手習い処の榊原さまに相談してみるよ。おもてにしないで、榊原さまが追っ払ってくれれば、それに越したことはねえと思うんだが、どうだろう」

　三人は自然に額《ひたい》を寄せ合うかたちになった。声も低くなっている。

「うん、分かった。俺、きょうは万年屋さんの裏庭で、なにも見なかったことにすらあ」

「俺も、竹の野郎からなにも聞かなかったことにするぜ。手習い処の榊原さま、町の用心棒だからなあ。杢さん、これの下駄、あずけるぜ」

「あゝ、いいとも」

「さ、話は終わった。湯へ行こうぜ、湯へ」

「そうそう、そうだな」

二人は腰を上げ、竹五郎がうしろ手で腰高障子を閉めた。外はまだ明るいが、日の入りの間近な時分になっていた。

（松つぁんに竹さん、すまねえ）

杢之助は心中にまた詫びた。味噌屋の留次郎を救うよりも、別の件で杢之助は松次郎と竹五郎に口止めをしたのだ。

（このこと、宿《しゅく》の久左さんには……）

すぐ思考を切り替えた。だが、思いは乱れた。黙っていても、久左ならおっつけ弥三郎のやっていることをつかむだろう。配下の与市が弥三郎に張りついているのだ。竹五郎が忍原横丁の万年屋で弥三郎と思われる男を見かけたということは、与市もそのあとを尾《つ》け忍原横丁に入っていたことになる。

陽が落ちてから間もなくだった。

明るさを失いかけている腰高障子に、人の影が立った。

(ほっ、待っていたぜ)

杢之助は心中に応じた。

影は与市だ。

腰高障子が動いた。

すり切れ畳の荒物はすでに隅へかたづけている。

「なにか分かりやしたかい。さあ、お座りなせえ」

与市はうしろ手で腰高障子を閉めると、示されたすり切れ畳に腰を据えた。

「へい、さように」

「これから宿《しゅく》に帰って久左親分に話すところでやすが、ここは帰り道なもんで、さきに話しときまさあ」

与市は前置きをし、話しはじめた。案の定だった。

内藤新宿の木賃宿東西屋から弥三郎を尾けた。弥三郎が裏口からソッと入ったという商舗の名を何軒か上げ、果たしてそのなかに味噌屋の万年屋も入っていた。竹五郎が見たという、人相があまりよくない男とは、もう弥三郎に間違いない。

与市の勘は、松次郎と一致していた。

「木戸番さん、気をつけなせえ。野郎め、あっちこっちの商家の裏口に訪《おとな》いを入れてまわってやしたが、ありゃあ賭場開帳の地まわりですぜ。あの動き、一人で野博打の胴元をやってやがる野郎の手口でさあ」

「やはり」

杢之助は身を乗り出した。

「野郎め、四ツ谷界隈で客をつかまえておき、それからじっくりと腰を据えようって魂胆ですぜ。あっしらにはそんな手口、すぐに読めまさあ。宿《しゅく》の木賃宿に塒を置いた野郎が、他所《よそ》さまの町にそんなことを仕掛けてやがる。申しわけねえことです。帰って久左親分に話しゃ、すぐに始末ということになるかもしれやせん。ともかく木戸番さんには話しておきやす。榊原の旦那にも、よろしゅう言っておいてくだせえ」

腰を上げた与市を、

「待ってくんねえ」

杢之助は呼びとめ、

「そのことについてだがねえ、こっちの源造さんからちょいと話がありやしてね」

「えっ。源造さんといやあ、あのゲジゲジ眉の岡っ引さんで？」

与市はふたたびすり切れ畳に腰を下ろし、杢之助のほうへ身をよじった。木戸番人の杢之助だけでなく、すでに岡っ引が関わっているとなると、与市も久左の代理として気にせずにはいられない。

源造はまだ弥三郎に気づいていないものの、その存在には目串をつけ、探索の合力を久左にも頼もうとしていることを話し、

「すまねえ。このことは前にも話したとおり、こちらの住人が深く関わっていることなので、榊原さまとも相談し、なんとかうまく収まる策を練りてえ。大木戸の向こうで久左さんが木賃宿の泊まり人をどう始末しようと、こっちの口を出せたことじゃねえが、もうすこし待ってもらいてえ」

「ほう、榊原さまの名を出されたんじゃ仕方ござんせん。へい、分かりやした。これから帰《けえ》って、久左《うち》の親分にそう言っておきまさあ」

与市はふたたびすり切れ畳から腰を上げ、腰高障子の桟に手をかけ振り返った。

「それにしても杢之助さん、あんた変わった木戸番さんでござんすねえ。あ、失礼いたしやした。しなくてもいい詮索などしやせん。つい、おもしろい木戸番さんだと思ったもので、へい」

「いや。儂はただ、この町が平穏であって欲しいだけのことでさあ」

「うふふ。さようでございましょうとも」

与市は笑みを見せ、腰高障子を開けた。

外は提灯が必要なほどではないが、もう夕闇が降りかけていた。

与市が外から閉めた腰高障子の中で、

「ふーっ」

杢之助は大きく息をついた。

落ち着かなかった。事態は急速に動きだしたのだ。


夜も更け、すでに左門町の通りには人影が絶えている。かすかな灯りは、杢之助の木戸番小屋だけのようだ。

「つまり、源造さんが弥三郎とかもうす男へ行き着くまでに、処理をしなければならぬということですか」

真吾は言った。榊原真吾が杢之助からの言付けを聞き、木戸番小屋に足を運んだのは、そうした静けさのなかであった。夜のせいか、着流しに大刀を帯びていた。

志乃がすぐ、熱燗を入れたチロリにいくらかの肴《さかな》を添えて持ってきた。物見《ものみ》を兼ねている。あとでまた、清次がチロリを提げ、すり切れ畳に上がり込むことだろう。

杢之助は真吾に、松次郎と竹五郎、それに久左一家の与市が語った内容を詳しく話した。

真吾もにわかに策が思い浮かばず、ウムムと唸《うな》ったものである。その唸りはまだつづいている。

久左一家が内藤新宿で弥三郎を始末すれば、これほど容易に幕を閉じられる仕儀はない。

（しかし……もし、そうなれば……）

杢之助の脳裡にも真吾の脳裡にもながれている。

（思いは晴れない）

むしろ、どんよりといつまでも曇ったものになるだろう。犯行より二十年近くも経ているとはいえ、幾歳月を経ようと消えるものではない。殺害し、ふところの金子《きんす》を奪った。伊兵衛と弥三郎に殺された商人には、商いもあれば女房も子供もいたろう。幾人か、それは分からない。家族に店の者は、そのあるじの帰りをいつまで待ち、いつごろあきらめたろうか。知りようがない。まだあきらめていないかもしれない。ならばその商いはどうなったろう。家族は、息子や娘がいたなら、どうなったろう。いま、どのような人生を歩んでいるのだろう……。

桔梗屋伊兵衛は、そうした思いにこの二十年近く、苛《さいな》まれてきたことだろう。いまも、毎日が針の筵《むしろ》かもしれない。

「杢之助どの」

「へえ」

木戸番小屋のすり切れ畳には、いつになく重苦しい空気がながれていた。真吾は視線を空《くう》に這《は》わせ、ポツリと言った。

「やはり、おもてにはできない」

「儂も、さようにに思います。それに……」

「それに？」

「弥三郎だけを……」

「できぬ」

「片方を生きたままにしておいて……ですね」

「さよう。だから二人とも……」

ともかくもそこに一応の〝策〟を話し合い、

「それでは」

と、腰を上げた真吾は、これまでになく動作が重そうだった。

「さようでしたかい」

と、そのすぐあと、音もなく腰高障子を開けた清次も、詳しく状況を聞き、
「それもまあ、仕方ありませんや」
チロリを杢之助の湯飲みにかたむけながら、忍ぶような声で言った。
その夜、火の用心に暗闇の町内に打った拍子木も、杢之助の心中を映したか、
――チョーン
雨でもないのに、湿っぽく聞こえた。

三

「おう、左門町の木戸番さん。いつもありがたいぜ」

「ほんと、ほんと」

ガタゴトと鈍い音を立て、杢之助が木戸を開けるのと同時に聞かれる声は、四ツ谷左門町のみならず、お江戸の一日の始まりを告げる声でもある。

「うへ、ゴホン、なっとーう、ゴホン」

「ファックション、とーふ、とうふ」

「ひゃー、冷てえ！　釣瓶《つるべ》ひっくり返すねえ」

「なに言ってんのさ。離れて、離れて。そんなとこにつっ立ってないで」

長屋の路地の喧騒に豆腐屋や納豆売りの触売《ふれうり》の声が重なり、七厘《しちりん》の煙が団扇《うちわ》の音とともに木戸番小屋の前にまでながれてくる。

李之助も手拭を肩に手桶を持ってその仲間に入る。

「あら、李さん。はい、水」

ちょうど釣瓶を引き上げたおミネが李之助の手桶に、

――ジャバジャバ
「おう、ありがてえ」

「あら、おミネさん。李さんにはいつも気が利くねえ」

大工の女房だ。さっきから派手に七厘から煙を吹き上げている。きょうの火熾《ひおこ》し当番のようだ。

「ちょうど、たまたまさ」

――バシャッ
李之助は返し、顔に勢いよく水を浴びせ、

「ハアックション。おう、すっきりした」

「おう、李さん。あとがつかえてるぜ」

背後の声は松次郎だ。

その松次郎がふたたび杢之助に声を入れたのは、いつものように朝の喧騒が終わってから間もなく、天秤棒を担いで路地から木戸番小屋の前に出てきたときだ。

「きょうも忍原できのうのつづきだい」

あとにつづく竹五郎の声が聞こえたとき、杢之助は下駄をつっかけ腰高障子を開けていた。

「きのうの話、な」

「分かってらい」

「またなにか聞いたら、帰ってから話すよ」

二人は応《こた》えると、左門町の通りを奥のほうへ向かった。きょうも竹五郎は忍原横丁の商家の裏庭をめぐり、松次郎はお岩稲荷の境内でふいごを踏むことだろう。

つぎに聞こえるのは、軽やかな下駄の音とともに、

「杢さん、お早う」

おミネの声だ。

「おう、きょうもな」

杢之助は返し、またおもてに出た。もう太一はいないのだが、朝の仕事を志乃と交

替するのは、これまでどおりにつづけている。

李之助は街道に出た。手をつなぎ、向かいの麦ヤ横丁に入っていくおウメとおコマの背が見えた

(しばらく、そうしなせえ)

心中に李之助は呟《つぶや》き、さらに、

(おウメさんにおコマちゃん。おめえらにはなんの罪もねえんだ)

大八車が二台つづけて目の前を通った。土ぼこりが立ち、麦ヤ横丁の奥に大小の背は見えなくなった。

李之助は、いまおミネが入ったばかりの暖簾をくぐった。

「清次旦那にちょいと。いまから内藤新宿にフラリと散歩してくらあ。おミネさんか志乃さん、すまねえ。番小屋も見ていてくんねえ。すぐ帰ってくるから」

言うと、ゆっくりと大木戸のほうへ向かった。荷馬や大八車は朝の時刻、内藤新宿から江戸府内に入るのがほとんどで、それらのなかには左門町の軒端《のきば》に志乃やおミネが出す一杯三文のお茶の常連客で顔を見知った者もいて、

「おう、木戸番さん。朝の散歩かね」

「ほうほう。きょうも精が出るねえ」

すれ違いざまに声をかけるのへ悠然と返し、さらにその杢之助を旅姿の者が幾人か追い越していく。

杢之助はそうした街道のながれに乗り、周囲に気を配りながら歩を進めた。四ツ谷大木戸の石垣のあたりに人がたむろしているのも、朝のこの地に毎日見られる情景である。江戸から甲州街道に乗って旅へ出る者の見送りは、この四ツ谷大木戸までが一応の目安となっており、互いに別れを惜しんでいるのだろう。石垣の前には高札場《こうさつば》もあり、お上のお達しや凶状持ちの手配書などが貼り出されている。

その箇所の石畳を踏むにも杢之助の足元に下駄の響きはないが、往来人の下駄や大八車の車輪の音が大きく、気づく者はいない。

（この時刻、大丈夫なようだな）

心中に呟いたのは、下駄の音のことではない。弥三郎の姿だ。向後《こうご》の策を進めるのに、杢之助が宿《しゅく》の〝なにがしかとつながっている〟ことを、弥三郎に覚《さと》られてはいささかまずい。

内藤新宿は、夜明けから夕刻にかけては荷駄の集散地である。人足や荷馬、大八車の行き交う活気のなかに、遊び人の姿は似合わず、目障りでもある。その点、杢之助の股引《ももひき》に地味な着物を尻端折《しりはしょり》にし、夏でも冬でも白足袋にほこり除けの頬かむりをしていくぶん前かがみに歩く木戸番人の姿は、どこにでも溶け込める。

訪ねたのは、店頭《たながしら》の久左の住処《すみか》である。

久左はむろん、きのう杢之助の木戸番小屋に訪《おとな》いを入れた与市も、この時分は起きたばかりだ。

「おう、左門町の」

と、奥の部屋に座を設けたものの、二人ともまだ眠そうな顔だ。だが生業《なりわい》の話になると、二人の表情から眠気は消えた。無宿者の弥三郎の処置を〝もうすこし待ってもらいてえ〟との言付けは、きのうのうちに久左に伝わっていた。

「ほう、きょうはそれの念押しに来なすったかい」

「まあ、そういうことだ」

杢之助と久左は箱火鉢をはさんで対座し、かたわらに与市が胡座《あぐら》でひかえている。箱火鉢に火の気は灰をかぶせた炭火一本だが、弥生の季節に暖を取るためではない。煙草盆の代わりと、どんな客が来るかも分からない稼業であれば、防御のためでもある。

「久左の親分さんには、手前勝手なことばっかり言って申しわけねえのだが……」

杢之助は肩をすぼめ、恐縮の態《てい》をとった。実際、杢之助はそう思っている。受ける

久左のほうも、

「あんた、合力させてもらうには、おもしろい人だからねえ」

「まったくそのようで」

笑みを浮かべて言えば、与市もかたわらで頷く。

李之助は念押しよりも、新たな〝手前勝手〟を頼みに来たのだ。

まえに来たときは、大木戸の内側には、

「――首を突っ込まねえでもらいてえ。しばらく（弥三郎を）泳がしておきてえ」

と、言ったのだったが、きょうは、

「ここ二、三日のうちに弥三郎を……」

と、逆のことを頼みに来たのだ。

李之助は、塩町の桔梗屋伊兵衛がお岩稲荷の境内で弥三郎に斬りつけられ、町役たちがそれを隠蔽したことまでは話したが、その刃傷事件の根底までは話していない。あくまで真相は自分と榊原真吾、それに清次の三人の胸の内にだけと思っている。それが通用するのも、相手が久左なればのことだ。

「ほう。二、三日のうちにとは、どのようにだね」

「それなんですがね、榊原さまとも相談し……」

杢之助は話した。

「ほう、それはまた。というより、それでこそ町の木戸番さんだ。お安いご用で」

久左が言ったのへ、かたわらの与市が、

「大木戸の向こうでは、弥三郎をどのように押さえなさるので？」

「岡っ引の源造さんよりも先に現場を押さえ、ちょいと脅しをかけようかとも」

「つまり、出たとこ勝負で野郎をこちらへ追い出す……と」

「へえ。そのときはすぐに知らせやすから、そこをよろしゅうお願いしたいので」

杢之助の依頼に、二人とも頷きを返した。

「いまも木賃宿の京西屋には見張りをつけてまさあ。動きがあれば、またあっしが尾《っ》け、左門町の木戸番小屋に知らせまさあ」

帰りに玄関まで見送った与市の言葉が、杢之助には心強かった。現場を押さえるなど、しかも源造より早くとなれば、松次郎や竹五郎の耳があっても杢之助一人で到底できることではない。いま杢之助にとって大事なのは、二十年前の強盗殺人を源造に知られないまま、弥三郎の伊兵衛への恐喝を処理することである。

昼間の内藤新宿の馬糞と人足たちの汗のにおいは、世の活力の証《あかし》である。これが弱まれば、江戸の町の活気も弱まるだろう。そのなかに歩を拾いながら、

（世の中には、暴《あば》かないほうがいいこともあらあ）

念じると、弥生（三月）というのに背筋にゾクリと極月《ごくげつ》（十二月）のような寒さを感じた。いま内藤新宿に歩を踏んでいるのは、桔梗屋伊兵衛のためである。その因果を、伊兵衛は背負っているのだ。〝暴いてはならない〟因果を……である。

足は大木戸を抜けて塩町に入り、長善寺の通りの前にさしかかった。相変わらず左門町や麦ヤ横丁にくらべ、人通りは多い。いずれのご新造か、おコマより一、二歳小さな男の子の手を引いた女性《にょしょう》が、街道から長善寺の通りに入った。なにか買ってもらう約束でもしたか、男の子は嬉々として母親の手を引っぱっている。

心ノ臓が高鳴った。いま男の子に手を引っぱられ長善寺の通りに入ったご新造の亭主が、いずれかの出先で賊に遭って殺害されたなら、あの母子の将来はどうなるだろう。あの男の子には、どんな人生が待ち受けることになるのか……。心ノ臓の動悸はとまらない。

門前町の通りの前を通り過ぎた。

（やはり、許せねえぜ）

高鳴る胸中にまた呟いた。杢之助が清次とともに、白雲《しらくも》一味のお頭《かしら》をはじめ仲間たちを制裁し身を隠したのは、押し入った日本橋の呉服問屋で、仲間が無辜《むこ》の家人を殺害したからだったのだ。

——ブルル
街道に歩を踏みながら、杢之助は首をすぼめた。

歩は左門町に入っていた。

「お世話さま。いま帰ったよ」

清次の居酒屋に顔を出し、木戸番小屋に戻った。志乃とおミネがときおりのぞいていたのか、張り紙は貼っていなかった。

「よいしょ」

すり切れ畳に上がり、腰を下ろすときも、

「よいしょっと」

声を洩らすようになれば、人間もう歳《とし》だというが、これまでになく杢之助は精神上に疲れを感じていた。

(おもてにはできない)

おもてにすれば桔梗屋伊兵衛だけではない。味噌屋の万年屋留次郎をはじめ、芋ヅル式に近辺の幾人かの旦那衆が挙げられよう。

(その人らを、救うためでもあるのだ)

おのれに言い聞かせた。

しかし、気分は晴れない。こたびの幕引きの舞台は、開帳の現場を押さえ、弥三郎の身柄を久左に渡す。久左は弥三郎を、いくらか痛めつけるかもしれない。それもいいだろう。ともかく弥三郎がふたたび四ツ谷や内藤新宿に立ち入らぬよう、また、二度と塩町の桔梗屋伊兵衛に近づかないようにするため、所払《ところばら》いにするところにある。殺すのではない。

「――それでこそ町の木戸番さんだ」

久左が言ったのは、その点である。

「擂粉木《すりこぎ》を一本ちょうだいな」

「え、あゝ。擂粉木ですかい、そこにありまさあ。持っていってくだせえ」

町内の顔見知りのおかみさんが買い物に来た。

「どうしたんだね、杢さん。座ったまま半分寝てたかね」

おかみさんは擂粉木を自分で取り、杢之助はまた一人になった。

午後になれば、実際にうつらうつらとしはじめた。

代々木八幡の打つ時ノ鐘をかすかに聞いた。

「おっ。もうそんな時間になったか」

李之助は背筋を伸ばし、下駄をつっかけ腰高障子を開けた。西の空に入った太陽がまぶしい。

街道に出て、

（おっ）

思わず出かかった声を飲み込み、木戸の内側へ身を引いた。清次の居酒屋の縁台に与市が座っており、弥三郎が向かいの麦ヤ横丁の出入り口近くの物陰に立っているではないか。弥三郎は拐《かどわ》かそうとしているおコマに、まだつき添いがついているかどうかを探りに来たのだろうか。

与市は脇の気配に気づいたか、座ったまま木戸のほうへ顔を向けた。李之助も木戸から顔だけ出し、目を合わせた。与市は向かいの麦ヤ横丁のほうへ顎《あご》をしゃくった。李之助は頷き、首を木戸の内側へ引いた。与市は言ったとおり、内藤新宿の東西屋から尾けてきて、清次の居酒屋の縁台に腰を据えたようだ。

弥三郎は与市を知らない。だから与市は見張るにも、悠然と居酒屋の軒端の縁台に身をさらしていられる。隠れるよりも、むしろそのほうが自然に見える。

街道は間断なく動いている。そのなかに、李之助と与市と弥三郎の三人がピタリと動きをとめている。

その三人の視界のなかに、おウメの姿が映った。おウメは急ぐように麦ヤ横丁の通りに入っていった。

その通りから、手習い子たちが数人走り出てきた。すこし遅れて、おコマの手を引いたおウメが出てきた。その二間（三、四米《メートル》）ほどうしろに真吾の姿が見えた。心配でついてきたのだろう。いつも無腰の真吾が、大刀を腰に帯びている。

（あっ）

心中に叫んだのは、杢之助も与市も同時だった。弥三郎が着物の裾《すそ》をちょいとつまみ、いかにも与太の遊び人といった風情でおウメに駈け寄ったのだ。背後で真吾が間合いをつめた。真吾は、杢之助から聞いていた人相で、男が弥三郎であることを覚ったのであろう。

おウメはビクリとしたように歩をとめ、男を睨んだ。

「へへ、桔梗屋のご新造《しんぞう》さんだね」

弥三郎は言ったようだ。さらに一言……。瞬時、おウメは身を硬直させ、おコマの肩を強く引き寄せた。男はその場をさっさと離れ、なんと街道を左門町のほうへゆっくりと横切ってくるではないか。

拐かそうとするのに、おウメの前に自分の姿をさらす……。

（やつめ、いったい何を言ったのだ）

真吾の距離からも、それは聞き取れなかったであろう。

「おっとっとい」

「へいっほっと」

弥三郎の前を四ツ谷大木戸のほうへ向かう町駕籠が視界をさえぎった。杢之助は素早く身を引き、駕籠が走り去ったときには、もう木戸番小屋の中に入っていた。

街道に出ておウメとおコマの背を見送った真吾は、清次の居酒屋の縁台に久左配下の与市がいるのを目にし、軽く手を上げ弥三郎につづくように街道を横切った。与市は立ち上がり、

「旦那」

真吾を低声《こごえ》で迎えた。真吾は与市から、さっきおコマになにやら不穏な語りかけをし、左門町の木戸を入った男が強請《ゆすり》の弥三郎であることを確認し、向後の策についても語り合うことになろうか。

木戸を入った弥三郎は果たして、

「ごめんなすって。左門町の木戸番さんへ」

腰高障子の桟に手をかけた。

　李之助は、

「どちらさんで?」

　言いながらも、すでに荒物を押しのけ、弥三郎の場をつくっている。

「へえ、以前にも一度お伺いしたことがありやす者で」

「おう、その声。入りなせえ、遠慮はいりやせんぜ」

　親しげな李之助の声に弥三郎は腰高障子を開け、三和土に立った。

「やはりこのまえの。ま、掛けなせえ」

「へえ」

　弥三郎は李之助に示されるままずり切れ畳に腰を下ろし、奥のほうへ上体をよじった。李之助は、細く釣り上がった目に頬骨が張り、曇った目のこの男の顔相がどうも好きになれない。それどころか、軽い嫌悪すら覚える。だが顔には笑みをつくり、

「木戸番小屋には尋ね人や嫁に欲しい娘の身許調べや、いろんなことを訊きに来なさる人がいまさあ。このまえはあんた、確か塩町の……えーと、なんだったたっけなあ。で、きょうは?」

　相手に安心感を与える術《すべ》を、李之助は心得ている。弥三郎は乗ってきた。

「あゝ。このまえとはちょいと変わって、きょうは鮫ガ橋のほうのことでなあ」

「ほう。鮫ガ橋なら東隣の忍原の向こうだ。近くでもないが遠くでもない。そこがどうかしやしたかい」

「その東隣の忍原とやらも含めてだが、なにか変わった話は聞きやせんかね」

やはり弥三郎は、杢之助をただの木戸番とみているようだ。しかも、木戸番が自分の名も訊かなければどこから来たか素性も訊かないことに安堵というか、みょうな親近感まで覚えたようだ。杢之助はそこに合わせ、

「変わったとは？　あのあたりは武家地や寺町とも接してるが、侍が町人を斬ったとか、それとも幽霊でも出たなんて話かい。ふふふ、そんなのは聞かねえなあ」

「いや、あはは。そんなんじゃねえ」

杢之助の笑いに、弥三郎はさらに乗り、

「これさね。そんなのがありそうなとか、なさそうなとか」

弥三郎が身をねじったまま右手で盆茣蓙《ぼんござ》のまねをして見せたのへ、

（そうか）

杢之助は直感した。鮫ガ橋や忍原横丁の旦那衆へ秘かに声をかけ、すでに幾度か野博打を開帳しているが、それが噂となってながれ出ていないかどうか、

(聞き込みに来た)

弥三郎も、木戸番小屋が髪結床《かみゆいどこ》や湯屋のように、町々の噂の集散地になっていることを知っているようだ。それにしても、弥三郎はおウメに何を言ったのか……。

腰高障子の向こうに気配が立った。

(志乃さん)

杢之助は感じた。だが志乃は障子戸には手をかけず、中に客人が入っていることだけを感じ取ると、すぐその場から遠ざかった。真吾に頼まれ、物見《ものみ》に来たようだ。

(こやつ、確かに来ていますぜ)

杢之助は胸中に呟《つぶや》き、弥三郎の問いに応じた。

「聞きやせんねえ、縁日があるでもなし。そんな物騒な話は……。ここにも岡っ引は出入りしやすが、野博打に気をつけろなんてことは言ってなかったなあ」

「ほう、そうかい。噂もなく、岡っ引も知らねえってことかい。ま、そんなとこか。おう、邪魔したな、父《とっ》つぁん」

弥三郎は腰を上げた。

「役に立ったかい」

「あゝ」

弥三郎は振り返り、満足そうに敷居を外にまたぎ、

「また、なにかありゃあ訊きにくらあ」

腰高障子を閉めた。

その気配は木戸のほうにではなく、左門町の通りを奥に向かって消えた。これから忍原横丁か鮫ガ橋に行くのだろう。ということは、

（野博打の開帳は、今宵）

杢之助は直感した。〝安全〟を、弥三郎は確かめに来たのだ。腰を上げ振り返ったときの満足そうな顔が、それを示していた。

四

弥三郎が杢之助の木戸番小屋に入り込んでいるとき、おもての縁台ではちょっとした異変が起きていた。というよりも、ちょっと程度に収められたのは真吾と与市が、木戸番小屋から出てくる弥三郎を見落とさないように、暖簾の中に入らず外の縁台に座ったまま話し込んでいたからであった。そこへ、

「榊原の旦那も宿《しゅく》のお人も、ゆっくりしていってくださいまし」

と、商人言葉でお茶を出したのは清次で、すぐ中に戻った。

「榊原さまが、また宿《しゅく》に戻ってきてくださりゃあ、あっしらの稼業も楽になるんでござんすがねえ。久左《うち》の親分も、よく言ってますので」

「あはは。町の子供たちの手習いをみるのも、なかなかいいものだぞ」

言っているところへ、

「おっ」

真吾は驚きの声と同時に立ち上がった。おウメとおコマはすでに桔梗屋に戻っているると思われる時分である。塩町のほうから男が一人、なにやら紙片を握り締め駈けてきたのだ。

「おコマの、桔梗屋だっ」

「えっ」

与市も立ち上がった。駈けてきたのは、桔梗屋伊兵衛だ。

縁台は木戸のすぐ横にある。伊兵衛はそこに百日髷の真吾がいるのにも気づかず、木戸の中へ走り込もうとする。それほどに慌てているのだ。

「桔梗屋さんっ」

「あっ。お師匠さまっ」

呼びとめられ、真吾に気づいたか、たたらを踏んで立ちどまり、

「これ、これを」

紙片を握った手を伊兵衛は前に差し出し、すぐさま隠すようにうしろへまわした。伊兵衛にすれば、杢之助に見せるために走ってきたのだ。そこを木戸の外で呼びとめられ、しかも真吾の横に得体の知れない遊び人風の男が立っている。明らかに伊兵衛は戸惑いを見せた。

このときもし、真吾と与市が居酒屋の暖簾の中に入り、伊兵衛が木戸に駈け込み木戸番小屋へ飛び込むのに気づいていなかったなら、そこには弥三郎がいる。騒ぎになったであろう。その騒ぎから、お岩稲荷の一件はおろか伊兵衛と弥三郎の以前もおもてになったかもしれない。しかもそれは周辺に伝播し、聞きつけた源造が、

『なぜ黙ってやがった！』

杢之助への怒りとともに奉行所へ人を走らせ、同心が捕方を引き連れ左門町に乗り込む事態にまで拡大していたかもしれない。

おもての異常に気づいたか、暖簾からまた出てきた清次が、

「榊原さまに大木戸向こうの人。中へ、中へどうぞ。あ、そちらは門前町の桔梗屋さんじゃありませんか。ご一緒に、さあどうぞ」

三人をまとめて暖簾の中へいざなった。飲食の店はいずこも、昼時分の書き入れ時が終わり、夕の仕込みまでは暇なひとときである。清次の居酒屋にもこの時分、中に客はいなかった。

いま、一連の事態を最も掌握しているのは清次であろう。志乃が物見に急いで木戸番小屋の腰高障子の前まで走ったのは、このときである。

「まあまあ、お三方とも。まずは座ってお茶でも。おミネさん、すぐ用意を」

「は、はい」

おミネはわけの分からないまま板場に入った。

「うーむむっ」

伊兵衛はなおも紙片を握り締めたまま、焦りに戸惑いの色を混在させている。おウメもいま、塩町の店の奥でおコマを抱き寄せ、外へ走った伊兵衛の首尾を待っていることだろう。

おウメが麦ヤ横丁の手習い処に、娘のおコマを迎えに行く少し前だった。また町内の小さな子供が、

「――知らないおじちゃんに頼まれた」

桔梗屋に紙片を持ってきた。伊兵衛はもしやと震える手で開いた。推測のとおり、

弥三郎からの〝脅し文〟だった。

昼八ツの鐘が聞こえたのは、おウメが麦ヤ横丁の手習い処におコマを迎えに行くため、桔梗屋を飛び出たのとほとんど同時だった。

さらにおウメが手習い処から無事におコマの手を引いて帰ってきたものの、

「――おまえさん！」

蒼ざめた表情で伊兵衛の耳に低声を這わせた。伊兵衛も瞬時、身を凍らせた。弥三郎はおウメに、

「――可愛い娘さんじゃねえですかい」

言っていたのだ。

伊兵衛は杢之助に、二十年前の殺しを他人のこととして話した。だが、杢之助がそれをそのまま受けとめたとは思っていない。そのようにしか、話せなかっただけのことだ。弥三郎が自分を強請《ゆす》る原因を、杢之助に話したのである。ならばこのながれのなかに相談する相手は、

（木戸番さん以外にない）

昼間の街道のながれのなかに伊兵衛は走った。往来人が振り向こうが荷馬が跳ね上がろうが、伊兵衛の眼中にはなかった。左門町の木戸に走り込もうとしたところで、

手習い処の榊原真吾に呼びとめられたのだ。

清次に暖簾の中にいざなわれ、樽椅子《たるいす》に腰を下ろしたものの、手習い師匠の真吾だけならともかく、見知らぬ遊び人風の男に左門町の居酒屋のあるじが加わり、さらに志乃やおミネまでそこにいる。ますます強く紙片を握り締めた。よほど他には触れさせたくない文面が、そこに認《したた》められているのだろう。樽椅子から腰を上げようとする伊兵衛を、

「まあ、もうしばらく」

清次に真吾、それに遊び人風の与市は引きとめた。この異常な雰囲気に、経緯を知らないおミネはただキョトンとし、志乃が、

「あたし、もう一度見てきます」

暖簾を出ようとしたとき、そこに立ったのは、

「あっ、李之助さん」

「志乃さん。さっきも来なさったねえ」

李之助は志乃の脇をすり抜け、

「縁台かと思いましたが。えっ、桔梗屋さんもここに！　それよりも与市どん、いまあの男が左門町の通りを奥のほうへ、早く行ってくだせえ」

杢之助は飯台の面々に視線を投げ、

「で、桔梗屋さん。なんでここに?」

「き、木戸番さん。ま、また、弥三郎がっ」

「おっと、左門町の通りでござんすね。さっそくあっしは」

「つなぎが必要だろう。俺も行くぞ」

立ち上がった与市に、真吾がつづいた。

「ありがてえ、旦那。お願《ねげ》えしやすぜ」

「おう」

二人は急ぐように暖簾を出た。

「木戸番さん」

清次は事態を掌握しかねている杢之助に視線を向け、

「桔梗屋さんがさっき、木戸番さんに用があると走ってきなさってねえ。榊原の旦那がここに引きとめなさったのですよ」

「ほお、さようでございましたか」

杢之助は清次の一言でこの場のながれを覚《さと》り、同時に、

(うっ。またも脅し文?)

桔梗屋伊兵衛の手に握られている紙片に気づいた。

「さあ、桔梗屋さん。いまなら木戸番小屋、静かなようですよ」

「うむ。なんでございましょうかなあ。さあ」

清次が桔梗屋伊兵衛に言ったのへ杢之助が応じ、伊兵衛をいざなう仕草を見せた。

「これがっ、これが、また」

伊兵衛は切羽詰ったように紙片を握った手を前に差し出し、暖簾を出る杢之助につづいた。出入り口の腰高障子を閉めていくのも忘れるほど、伊兵衛は気が昂《たか》ぶっている。

出入り口の腰高障子が開け放されたまま、屋内にようやく静けさが戻った。これが店の書き入れ時で他のお客も入っていたなら。それぞれが事態の分からないまま訝《いぶか》っていただろう。ともかくこの場は、うまくながれた。久左一家の与市は桔梗屋伊兵衛の手にある紙片を気にしながらも弥三郎を尾《つ》けねばならず、真吾もそれを助《す》ける必要を感じ、桔梗屋伊兵衛が杢之助と二人で話す機会をつくり、そこに気を利かせ采配したのが清次ということになる。

「きょうはなんなんですか」

おミネはますます混乱している。だが、

(清次旦那と杢之助さん、またなにやら動いてなさる)

のは、清次が仕事を終えてからチロリを提げ木戸番小屋に上がり込むのとおなじくらいいつものことであるうえに、

(きっと町のためになることだし)

と、深く気にしなかった。しかしいまは、真吾ばかりか内藤新宿の遊び人らしい男まで出張ってきて、そこへ緊張と不安を表情に混在させた桔梗屋伊兵衛が走ってきたのでは、

「いったい、なにがどうなってるんですか？」

清次に訊いた。

「どうやら、桔梗屋さんが町の与太にからまれたらしくってね。しかもその与太が、内藤新宿のほうから来ているらしくって」

おミネにも概略は説明しておいたほうがいいかと清次は判断し、話しはじめるなり、

「あっ」

声を上げ、開け放されたままだった出入り口から街道に飛び出し、

「義助《ぎすけ》さん！　炭屋の義助さんっ」

街道から左門町の木戸に走り込もうとしていた若い男を呼びとめた。桔梗屋伊兵衛

が閉め忘れた出入り口に、さらに風にめくれた暖簾のすき間から、義助が走っているのが見えたのだ。とっさのときに見せる敏捷《びんしょう》な所作は、清次ならではのことである。

「あっ。この店の旦那さん」

義助は木戸の手前で立ちどまった。源造の下っ引になりたがっている、炭屋のせがれだ。源造の塒は四ツ谷御門前の御箪笥町《おたんすちょう》だが、義助の炭屋はその隣の麹町《こうじまち》十一丁目にある。

「どうしました。左門町《ここ》の木戸番さんに用かね」

「へえ。源造さんの、御用で」

義助は源造から用事を頼まれ、張りきっている。荒い息遣いで言うなかに、清次の機転がまた左門町の混乱するのを救った。いま木戸番小屋には、桔梗屋伊兵衛が入っている。話の内容はおそらく、源造には知られたくないものであるはずだ。

「それなら木戸番さん、いま町の用事で手が離せないのだ。私が聞いて、あとで知らせておきましょう。さ、中へ」

清次は義助を暖簾の中へ引き入れた。

「お願いしまさあ。源造親分からも、もし左門町の木戸番さんとつなぎが取れなかったら、おもての居酒屋の旦那に言付け、すぐ戻ってこいと言われているんで」

義助は早口に言い、中に入ると、

「あら、源造親分さんとこの若い人」

「へえ」

志乃がすかさず茶を出し、義助は〝源造親分さんとこの若い人〟と言われ、気をよくしたようだ。喉を湿らせると、

「言付けです。野博打野郎はどうやら相当な悪《わる》で、名は弥三郎といいやして、それも四ツ谷大木戸の向こうに塒を置いているらしく、ここの木戸番さんに早く榊原さまに宿《しゅく》の店頭《たながしら》さんにつなぎを取ってもらうよう催促しておけと、これだけで」

「えっ、野博打！　この町で？」

おミネが声を上げたのへ、すかさず清次は、

「そういうことらしいね」

おミネの口から桔梗屋伊兵衛の名が出れば、それが即源造にも伝わってしまう。おミネがさらに話すのを防ぐように、

「源造さんはそこまで調べなさったか。で、宿の店頭とは久左さんのことかな」

「そ、そう。そんな名でした。源造親分が言ってやした」

「ほう。それなら私も知っています。源造さんがおまえさんにすぐ帰ってこいとは、

なにか急ぎの用があるようですねえ」

「へえ。野博打が今夜にも開帳されるかもしれないって、いま利吉《りきち》の兄弟《きょうでえ》が源造親分と一緒に、鮫ガ橋のほうをまわっていますんで。あっしもすぐそこへ」

利吉も麹町十一丁目の干物屋のせがれで、やはり源造の下っ引になりたがっている若者だ。源造はいま手が足りないので、この二人を動員したようだ。

「えっ。ならば、私がちょいと大木戸の向こうまで走りましょう。さあ、義助どん」

「へいっ」

二人はそろって街道に出るなり西と東に急ぎ足をつくった。

「ふーっ」

店の中ではおミネが疲れたように樽椅子に座り込み、

「なんだか大変なことが起こっているみたい」

「そんな感じね。ともかくあたしたちは、じっと見ているだけにしましょう」

志乃が諭《さと》すように言い、一緒に樽椅子へ腰を下ろした。

清次は急いだ。源造はどこで嗅ぎつけたか弥三郎の名を割り出し、いま鮫ガ橋に出張っている。顔までは知らないだろうが、出くわせば〝こやつ〟と第六感を働かせるだろう。手が足りないのは、源造よりも杢之助のほうだ。清次は木戸番小屋へ事態を知らせるまえに、人数を集めるため久左の住処《すみか》に急いだ。

(どうやら今宵が、正念場になりそうだ)

街道の往来のなかに、足を速めた。

五

急展開は、いま始まったのだ。その発端となった〝脅し文〟になにが書かれていたのか、杢之助は心中の逸《はや》るのを抑え、木戸を入った。通りの奥のほうに、与市と大刀を帯びた真吾の背がチラと見えたが、桔梗屋の伊兵衛にその先まで気づく余裕のなかったのはさいわいだった。

「入りなせえ。ここなら二人きりでさあ」

いましがたまで弥三郎がそこにいた。

「は、はい」

伊兵衛も急ぐようにすり切れ畳に上がり、杢之助と向かい合わせに座り、

「これ! これですよ、木戸番さん。弥三郎め、こ、こんなものをっ」

握り締め皺《しわ》くちゃになった紙片を、伊兵衛は開いた。

「またですかい、あの男は」

言いながら李之助は紙片を手に取り、

「な、なんと。こ、こんなことを！　弥三郎め、許せん！」

演技ではない。李之助は吐き、紙片を伊兵衛よりもなお強く握り締めた。

下手な金釘流《かなくぎりゅう》の文字でただ一行、

――娘は　おめえの以前を　まだ知らねえだろうなあ
この一言、おコマを拐《かどわ》かすよりもなお伊兵衛の胸には、グサリと刺さるものであることが李之助には分かる。

「それに……」

伊兵衛はさらに言った。

「弥三郎は、おウメにさっき手習い処の帰り、〝可愛い娘さんじゃないか〟と」

「なに！　むむむっ」

李之助は呻《うめ》いた。いかなる刃《やいば》にも勝《まさ》る脅しである。だがすぐに、

(いかん。儂がこんなことでは)

気を落ち着け、

「桔梗屋さん。さっきね、手習い処の榊原さまが、おもての店に来ておいでだったで

しょう。あれはね、街道までおコマちゃんを見送ったあとなんですよ。儂が左門町の通りで弥三郎らしき者を見かけ、ちょいと手習い処に知らせたのさ。あぁ、あの遊び人みたいな人ですかい。あれは宿《しゅく》の遊び人でねえ、弥三郎が遊び人なら、そんなやつの立ちまわりそうなところは遊び人が一番よく知っているだろうと、榊原さまが合力を頼んでいなさったのさ」

桔梗屋伊兵衛も、かつて榊原真吾が内藤新宿で旅籠の用心棒をしていたことは知っている。界隈では有名な話なのだ。伊兵衛は得心したようにコクリと頷いた。

おもての居酒屋で、清次が暖簾のすき間から義助の姿を見かけて街道へ飛び出したのは、このときだった。さいわいかどうか、その声は木戸番小屋にまでは聞こえていなかった。

杢之助は言葉をつづけた。

「この始末、榊原さまにお任せしなせえ。ともかくきょうのところは桔梗屋さん、お家にお帰りなさって、おウメさんと凝《じ》っとしていなせえ」

「木戸番さん。お世話になりまする」

伊兵衛は胡坐のまま身を乗り出し、両手をすり切れ畳につき、

「おコマに、おコマにだけはこのこと……」

「おっと、桔梗屋さん。その先は言わねえでくださいましよ。桔梗屋さんが話しなさった他人《ひと》の話、儂の胸の中にだけ収めておきまさあ。聞いた他人の話をまた他人にしたってつまりませんやね」

「木戸番さん！　あんたという人は、あんたという人は！」

顔を上げた伊兵衛に杢之助は、

「町が平穏であれば、儂はそれが嬉しいのでさ。榊原さまはそこによく合力してくださいましてねえ。さあ、早く帰って凝っとしていなせえ。おウメさんも、心配していなさろうから」

「へえ」

伊兵衛は腰を上げた。伊兵衛にとって、それ以外にいまできることはない。

杢之助は、ぎこちなく身を動かす伊兵衛を、

「よございますか。おもては、おもては何事もなかったように」

言いながら街道まで見送った。

その背が往来のなかに小さくなってから、杢之助は清次の居酒屋の暖簾を頭で分けた。このとき、杢之助の脳裡には、

（やつがそうなら、仕方ねえ。口を封じるには……）

思いが湧いていた。

「あら、杢之助さん。顔色が悪いけど」

入ってきた杢之助におミネが心配そうに言い、樽椅子から腰を上げた。

清次がいない。

「あゝ。さっきねえ、四ツ谷御門前の義助さんが来て……」

志乃は経緯《いきさつ》を話し、

「義助さん、大急ぎで帰りました」

「帰ったって、鮫ガ橋に！　それに清次旦那は宿《しゅく》へ！」

杢之助は仰天した。すでに源造が鮫ガ橋に出張っている……それだけではない。志乃の話を聞きながら杢之助が思ったのは、

(手が足りない)

だから、大木戸の向こうへ急いだ清次の意図はすぐに分かった。

「さようですかい。そんなら儂は番小屋で、清次旦那の帰りを待ってまさあ」

ふたたび街道に出た杢之助に、おミネが心配そうに暖簾から顔を出し、

「杢さん、大丈夫？　与太者の野博打なんて」

「だから、榊原さまが出てきてくださってるのさ」

杢之助は応え、木戸を入った。腰高障子を開け、すり切れ畳に腰を下ろすのへ、

「よいしょっ」

また声に出した。もし、こうしたとき太一がいたなら、

『一坊、ちょいと留守番を、な』

声をかけ、真吾と与市のあとを追っただろう。だがいま、留守番のいないのがちょうどいい歯止めになった。源造が嗅ぎつけ、しかも名まで割り出し、いままさに鮫ガ橋に出張っていることを、

(早く知らせねば)

杢之助を駆り立ててはいるものの、弥三郎を尾けた真吾と与市はいまどこか、

(分からない)

鮫ガ橋の町場は広い。找《さが》しているうちに、源造と出会わないとも限らない。問いつめられれば、そこからすべてがおもてになるきっかけにもなりかねない。松次郎がいまお岩稲荷の境内でふいごを踏み、竹五郎はその近辺をまわっている。

(榊原さまを見つけ……)

頼もうとフッと思ったが、隠し事をしたままあの二人を巻き込むのは気が引ける。

「うーむ」

李之助は唸《うな》った。

(むしろ動かないのが良策)

というよりも、きょう午前中、久左が言ったとおり〝出たとこ勝負〟で挑むしかいまは方途がない。

町内の隠居が嫁に頼まれたか柄杓《ひしゃく》と笊《ざる》を買いに来て、しばらく話し込んでいったのが、李之助の気を紛らわせた。

隠居が、

「じゃあ李さん。また来るよ」

「あゝ、いつでも来てくだせえ」

腰を上げ、また腰を下ろしてからすぐだった。

腰高障子に人の影が立った。一人ではない。ということは、

(待っていたぞ)

李之助はまた腰を浮かし、

「お入りなせえ」

「おじゃまいたしやすぜ」

腰高障子が音を立て開けられた。

三人、やはり一人は久左だった。杢之助は急いですり切れ畳の荒物を隅へ押しやろうとした。

「木戸番さん。それには及びませんぜ。さっき、こっちへ来しな清次旦那とも話しやして、堅気《かたぎ》の木戸番小屋にあっしらがたむろしてたんじゃ町のためにもよくねえ。あっしはおもての居酒屋で待たせてもらいまさあ」

三和土《たたき》に立ったまま言い、さらに清次から概略を聞いたか、

「こいつらは与市とおんなじで、弥三郎の面《つら》は知っておりやすが、向こうはこいつらの顔を知らねえという便利な野郎たちでね。それに源造さんともこいつらは面識がねえから、かえって好都合でやしょう」

若い衆二人を引き合わせた。与市の弟分のようで、着流しのふところには匕首《あいくち》を呑み、一見して遊び人と分かる。

「さあ、おめえら。行ってこい。分かってるだろうが、キョロキョロするんじゃねえ。あくまでさりげなくだ」

「へいっ」

「見つけしだい、すぐ駈け戻りやす」

二人は三和土から飛び出た。

「ほれほれ、言ってるだろう。さりげなくだ」

「へいっ」

若い衆二人の影は木戸番小屋の腰高障子から遠ざかった。

三和土に立ったまま、久左は杢之助のほうへ向きを変え、

「木戸番さんが関わりなすって、岡っ引よりも早う弥三郎を見つけ、町のお人らをお助けしようとの働き、感服いたしやすぜ。弥三郎がお岩稲荷で塩町の旦那に斬りつけたのも当人同士の問題で、あっしらには関係ござんせん。ただ、そんな物騒なやつが宿《しゅく》に塒《ねぐら》を置いて、大木戸のこちらへ悪戯《わるさ》してやがるなんざ許せやせんからねえ」

「へえ、ありがたいことで」

手際よく言う久左に、杢之助はただ謝辞を短く述べるだけだった。久左の言葉はさらにつづいた。

「ともかく見つけしだい大木戸の向こうへ連れ戻し、二度とお江戸に近づけないようにしまさあ。それのつなぎもここじゃなく、おもての居酒屋にしやしてね。清次旦那もそうしなせえと言ってくれやして。それに、居酒屋だと酒もあれば喰い物だってありやすからねえ。あはは」

笑いながらクルリと向きを変えた久左に、

「待ってくだせえ」

李之助は呼びとめ、

「大木戸の向こうに引き取ってもらうの、生身《なまみ》の人間とは……その……」

「えっ」

振り返った久左の表情から、笑みは消えていた。李之助がなにを言いたいのか、聞かずとも分かる。

「木戸番さん」

久左は李之助のほうへ一歩戻り、

「きょう午前中に来なすった木戸番さんと、いまの木戸番さん……別人のようでござんす。なにかありやしたかい」

「うっ」

李之助は肯是《こうぜ》の呻《うめ》きを洩らし、

「仮に……そうなるかもしれやせん……ということで」

言いながら浮かせた腰を元に戻した。

「あはは。こういうことは何がどうなるか分かりやせんからねえ」

久左はぎこちなく元の笑顔に戻ると声を低め、

「裏は存じやせんが、生身の人間より、そうでないほうがかたづけやすい場合もありやす。ともかく、あっしは若い者のつなぎを待ちまさあ」

ふたたびきびすを返し、敷居をまたいだ。腰高障子が外から閉められた。

(久左さん)

杢之助は胸中に名を呼んだ。久左には弥三郎が塩町の桔梗屋に斬りつけたことは話したが、二十年前の強請《ゆすり》の原因は話していない。もちろん脅し文の内容も……。内藤新宿に走った清次も、脅し文の文面も、弥三郎が路上でおウメに言った内容も、まだ知らないのだ。

突然、けたたましい下駄の音だ。

(あぁあ、やっぱり来たか)

杢之助は三和土に下りて腰高障子を開け、敷居のところで迎えた。

下駄の音がとまった。通りを歩いていた者が振り返る。一膳飯屋のかみさんは腰高障子の外に立ったまま、

「杢さん、杢さん、なんだったのさあ。さっきから出入りが激しいじゃないの。塩町のお人に榊原の旦那に、誰なんだい、つぎからつぎへと遊び人みたいなのまで来て」

「あゝ、遊び人さ」

「えぇえ！　どこの？　榊原の旦那も一緒だったじゃないのさあ」

さらに訊くかみさんに、もう〝なんでもない〟などと言っても収まらないことを覚り、

「あゝ。だから言ったろう、野博打さ。源造さんに頼まれ、それへの合力さ。そんなのを探索するなんて、おなじ遊び人のほうがいい勘してるんじゃないかと、榊原さまがわざわざ内藤新宿から呼びなさったのさ」

「あゝ、内藤新宿の。そんなら分かる。榊原の旦那も以前は向こうの用心棒をなさってたもんねえ。それ、それよりもさ、野博打なんて、分かったのかい。まさか左門町ではないだろうね」

「それを調べるために榊原さまが出張り、源造さんもいま鮫ガ橋に探索の足を入れてるらしいよ」

「ええっ。いま、鮫ガ橋！」

「そう、いまだ」

「わあ、大変だあ」

なにが大変なのか、かみさんはクルリと向きを変え、自分の飯屋のほうへ走って行った。太陽のかたむき具合を見ると、そろそろ夕の仕込みに入る時刻だ。これに

よって鮫ガ橋でなにがしかの騒ぎが起こっても、

『野博打の与太を捕まえようとして……』

噂はその一点になるだろう。

「よいしょっと」

杢之助は疲れたようにすり切れ畳に戻った。人手を得たことに安堵を覚えたか、待つ余裕を得ていた。だが、鮫ガ橋の町場でどう展開しているかが分からない。久左配下の若い衆が真吾を見つけ、源造もそこに入っていることを告げるだろうが、

(所払いだけでは済まされぬ)

思いを真吾に告げ、その算段もしなければならない。

(現場はいま如何《いか》に……)

やはり焦りを覚える。

六

「さすが旦那、さっきみてえなところでも気配で見失わないとは、大《てえ》したもんでござんすねえ」

「あはは。一本道ではないか」

「ま、そうでやすがね、それにしてもこの鮫ガ橋たあ、みょうな町ですぜ。まだ昼間というのに。へえ、あっしはこの道は初めてなもんで」

弥三郎を尾けていた真吾と与市は急な坂道を下り、いきなり拓《ひら》けたような鮫ガ橋の町場に入ったところだ。言いながら与市は、いま下ってきた坂道を気味悪そうに振り返った。

鮫ガ橋の町場は南北に左門町の倍は超えるほどの長さに横たわり、しかも左門町や忍原横丁のように通りが一本だけといったまとまりのいい町場ではない。細い通りが幾筋も右に左にと入り組み、うろついても特定の人とそう出会うものではない。それだけにまた、野博打を張りやすい所ということにもなる。

与市が坂道を気味悪そうに振り返ったのも無理はない。左門町を南方向の裏手に抜け、寺町と町場を分ける往還を東へ進めば鮫ガ橋の町場に出るが、忍原横丁の自身番の前を過ぎると、往還はすぐ両脇ともお寺に挟まれたかたちになる。そこを進むと急な下り坂になり、両脇のお寺にうっそうと茂る樹木が左右からせり出し、往還は隧道《ずいどう》のようで、与市が〝昼間というのに〟と言ったように昼なお暗く、土地の者は闇坂《くらやみざか》と呼んでいる。松次郎や竹五郎は鮫ガ橋へ出るのにいつも通って慣れているが、初めての者なら両方がお寺とあっては気味が悪く、寺の壁がなかったなら、山奥の谷間に迷い込んだような錯覚を起こすだろう。

そこに与市は振り返ったのだ。

「あはは。人に追われあの坂に逃げ込み、身軽な者なら寺の塀を乗り越えれば、追っている者はたちまち見失ってしまうだろうなあ」

「あっ!? 消えたって、ですかい」

「そうだ」

「ということは旦那。そこに人を追い込んで刺しても、誰にも見られねえってことになりやすねえ。人通りもほとんどありやせんし」

実際、両脇がお寺になってから、すれ違った往来人はいない。

「そうなるかなあ。おっと、見失うぞ」

「へ、へい」

脇道や路地の込み入った町場に歩を踏み、二人は弥三郎との間合いを縮めた。内藤新宿では清次から助っ人の人数を頼まれた店頭《たながしら》の久左が、

「――あっしが行きやしょう」

と、若い衆二人を連れ、清次と左門町に向かったころである。

鮫ガ橋の町場で、弥三郎は幾度か角を曲がった。曲がるたびに道幅が、大八車が通れるほどの広さになったり、

「おっとっと」

「へい、ごめんなさんして」

と、人と人がすれ違うのがやっとといったほど狭くなったりもする。

おかみさんから隠居に町娘に子供たちと、町全体の息づいているのが感じられる。そこに町内の家地と隣接しているにしては武士の姿はない。月代《さかやき》を伸ばした百日髷《ひゃくにちまげ》に筋目のない袴に筒袖《つっそで》の着物を着込んだ浪人姿の真吾は、武家地の白壁よりこちらのほうが似合っている。

「この町はどうも刀がじゃまだなあ」

「へえ、そのようで」

真吾が言ったのへ与市が遠慮なく返した。路地で向かいから来るおかみさんと、

「ほうほう」

「はいはい、すみませんねえ」

と、互いに道を譲り合おうとして刀の鐺《こじり》で壁をこすったり、角を曲がるときに鞘ごと柱にぶつけたり、さきほども脇を駈け抜けた子供が、

なのだ。

真吾は刀を帯びているのを町の子供に詫びていた。そうした姿がきわめて自然な町

「おぉう、ごめんよ。坊や」

鞘にぶつかり、

「あぁあっ」

鮫ガ橋にしてはわりあい広い往還に出た。大八車が互いに声をかけ合いすれ違えるほどの道幅だ。建物も長屋ではなくそれぞれが一戸建ちの商舗がならび、味噌屋に豆腐屋に八百屋、魚屋のほかに一膳飯屋や煮売酒屋に小料理屋の店構えもある。闇坂を下ったところが鮫ガ橋谷丁《たにちょう》で、その南側が鮫ガ橋表丁《おもてちょう》となり、往還はその境になって東西にながれ、鮫ガ橋の町場では最も多くの商舗が集まっている通りだ。

その境の通りの小料理屋風の暖簾に、弥三郎は入った。暖簾には〝花車《はなぐるま》〟と染め込まれている。

「おっ、入ったな」

「うむ」

真吾が言い、得心したように頷いたのは与市だった。こうしたことには、真吾よりも与市のほうが勘は鋭い。

「旦那、見てみなせえ。あの小料理屋、花車ですかい。隣の干物屋とのあいだに路地がありやしょう」

「ふむ。あるな」

「入《へえ》ってみやしょう」

「あんなところにか」

「へえ」

与市が先に立って路地に入り、刀を帯びた真吾も窮屈そうにつづいた。人ひとりがやっと通れるほどの広さというより、ちょっと幅が広いすき間といったほうがあたっていようか。奥行きが思ったよりあるようだ。裏の勝手口があった。おもてから板塀がつづいており、花車の勝手口であることは間違いない。

「旦那、出やしょう」

「ふむ」

与市が低声で言ったのへ真吾も低く応じ、こんどは真吾が先になって路地を出た。もとの境の通りだ。花車の向かいに蕎麦《そば》屋がある。

「入《へえ》りやしょう」

「ふむ」

与市が言うのへ真吾はつづいた。真吾はこの場の采配を与市に任せている。暖簾を入り、通りに面した壁ぎわの飯台《はんだい》に席をとった。格子の障子窓にすき間をつくれば、向かいの花車の玄関が見える。

「旦那。賭場の開帳はあそこに間違いありやせんぜ。奥行きが深《ふこ》うござんしたでやしょ。奥に部屋があれば、賭場にはもって来いでさあ。それに路地を入れば勝手口だ。客は玄関に入らず、路地から賭場の部屋へ直接行けるって寸法でさあ」

「ふむ」

真吾は頷き、注文を取りに来たおやじに訊くと、花車の中はまさしく与市が想像したとおりだった。暖簾を入れば土足のままの入れ込みになって飯台がならび、その奥の廊下に上がればいくつかの板戸で仕切られたお座敷になっているという。

そろそろ太陽が西の空にかたむきかけている。

「与市さん、この場は任せる。俺はこのことを左門町の木戸番小屋に知らせる」

「へい、お願いしやす」

与市は恐縮することなく返した。もともと真吾は〝つなぎが必要だろう〟と与市に同行したのであり、左門町を出るときの慌しかったようすから、杢之助が事態を睨み対応できる措置を考えているであろうことは、充分に予測できるのだ。

真吾は急ぎ足になった。路地を抜け脇道を小走りに、

「おっとおかみさん。この刀、じゃまで申しわけない」

刀の鐺がすれ違った女の腰を打った。

「あら、ご浪人さん。あたしこそ」

声を背に町場を抜け、闇坂の下に出た。急な上り坂が、樹木の闇の中に延びている。

その闇から影が二つ滲《にじ》み出てきた。

「おっとっとい」

二人とも下り坂を走ったのか勢いづいている。

「あっ、おまえたちは！」

「おぉっ、榊原の旦那！」

「おっとっと、旦那っ」

一人を真吾が抱きとめ、もう一人はすれ違ってからようやく踏みとどまった。他に人通りはない。

「あ、あっしら、久左親分と一緒に……」

「ふむ。いま与市が……」

互いの状況を話し合い、一人はそのまま真吾の話した道を、花車の前の蕎麦屋に走

り、もう一人は、

「俺はここで待つ。早くこのことを木戸番小屋と居酒屋に！」

「へいっ」

いま駈け下りたばかりの闇坂の中へ消えた。この道を左門町に向かうには、また忍原横丁の自身番の前を通らねばならない。そこを、刀を帯びた真吾が二度も三度も駈け抜けたのでは目立つ。それよりも左門町の通りを真吾が走ったのでは、それだけで町は騒然となるだろう。見知らぬ遊び人風が走っていても人は振り返るだろうが、それで町が混乱することはない。

真吾は坂からいくらか離れ、待った。昼なお暗い坂で待ったのでは、辻斬りと間違われる。

待つ身の、時の長く感じるのを真吾は味わっている。さっきの若い衆二人から、源造が義助と利吉を連れ鮫ガ橋へ出張っていることを聞いた。あの花車、

(源造が嗅ぎつけないか)

気になる。ただ、心を落ち着けられるのは、

「――へえ。岡っ引の出張っていること、木戸番さんも承知で、それを旦那と与市の兄イに知らせるため、あっしら走ってきたんでさあ。鮫ガ橋の町場に入りゃ慌てず、

さりげなく旦那がたを捜《さが》せと言われやして」

若い衆が言ったことである。

（李之助どのは、すでに対応を考えている）

これまでの李之助との闇走りから、それが確信できる。

だが、いかなる策か。源造が花車に踏み込む前に……大丈夫か。やはり、待つ身の時間が長く感じられる。太陽はもうすっかり西の空にかたむいている。

暗闇の中に人の気配が……のぞき込む姿勢をとった真吾に、

「だんなーっ」

久左の声だ。影が三つ、走り出てきた。この坂道では、下りは歩いていても急ぎ足なら弾みがついてつい走ってしまう。影は久左にさきほどの若い衆と、

「おぉ、李之助どのも」

真吾は安堵を覚えた。李之助は下駄ではなく草鞋《わらじ》をはき、しかも紐をきつく結んでいる。なにがしかの動きをする用意だ。

「自身番は戸を閉めており、見られずに来られましたよ」

李之助は、まるで闇走りの前触れのように言った。

その場で若い衆も加え、四人は立ち話となった。段取りの打ち合わせだが、李之助

と久左のあいだで、すでにここへ来るまでに話はできていたようだ。

「では、旦那。あっしらは先に行ってまさあ。おい、行くぞ」

「へい」

久左と若い衆は李之助と真吾をその場に残し、鮫ガ橋の町並みに向かった。浪人と遊び人の組み合わせが町場に急ぎ足を踏んだのでは、

（目立つ）

だけが理由ではなかった。

闇坂を下り、鮫ガ橋の町場に入るまで、かつて谷間であったなごりか往還の両脇はいくらかの林になっている。

「実は榊原さま」

李之助はその林に真吾をいざない、話した。低声《こごえ》だから、往還を人が通っても気がつかないだろう。

「弥三郎が桔梗屋さんにまた脅し文を……」

「なんと！」

李之助の話に真吾は思わず声を上げた。強請《ゆすり》の種を知るのは、李之助と真吾と清次の三人のみなのだ。真吾にも、娘は〝まだ知らねえだろうなあ〟などとは、いまは町

の善良な住人として生きている桔梗屋伊兵衛にとって、わが身を刺されるよりも強烈な脅しであることが理解できる。

「で、如何《いか》ように……」

「はい。所払いなど、甘《あま》うございます」

「ふむ。それでそなたも出張ってきたということか。で、策は」

「はい。久左さんにも、理由《わけ》は伏せましたが、策は……生身の人間を預かるよりも処理しやすい、と……」

「ふむ。相分かった」

　真吾は応じ、

「しーっ」

低く叱声を吐いた。闇坂からまた人影が出てきたのだ。それも二人……。

（あっ）

杢之助は上げそうになった声を飲み込んだ。知っている顔だ。竹五郎が裏庭に招じ入れられ、

「――そのようすがどうも気になってねえ」

と話した、忍原横丁の味噌屋、万年屋留次郎ではないか。もう一人も、顔だけ知っ

ている忍原横丁の住人である。李之助と真吾は顔を見合わせ、頷きあった。これから境の通りの花車に行き、あの路地を入るのだろう。万年屋留次郎たち二人は、なにやら談笑しながら林の往還を過ぎ、鮫ガ橋の町並みに入って行った。

「まずい」

李之助と真吾は同時に吐いた。

「よし、いいころ合いだ。出たとこ勝負になるかもしれんが、その場に応じて事を運ぶ」

「へい。待っておりやす」

二人は林を出た。万年屋留次郎たちを追うように、鮫ガ橋の町並みに向かったのは真吾一人で、李之助はその場に残った。太陽が沈むには、まだいくらか間がある。李之助は闇坂に入り、そこに身を消した。

七

坂の下で真吾と出会い、境の通りに先行した若い衆はとっくに蕎麦屋に入り、与市とおなじ飯台に陣取って障子窓のすき間から花車の玄関口に視線をそそいでいた。

「おう、ご苦労」

と、そこへ久左ともう一人の若い衆が加わった。遊び人風ばかりが四人となった。

蕎麦屋の亭主もおかみさんも怪訝《けげん》そうにその四人を見ているが、歴とした客であり銭《ぜに》も前金で払っている。そうした点は、さすがは店頭の一家かそつがない。なにやら小声でボソボソ話している。

「へい。弥三郎の野郎、中に入ったまま出てきやせん。すでに客らしいのが三人ばかり、路地に入って行きやした。日暮れとともにご開帳らしいですぜ。それに今しがたでやすが、源造さんらしいのが若い者《の》を二人連れて花車に入りやしたが……」

「なに？」

「すぐに出てきやした。花車の亭主にうまくかわされたのでがしょ」

「ならば、源造はまだこの近くにいるってことか」

「そうなりやす」

「あ、親分に与市兄イ。また二人、路地を入りやしたぜ」

障子窓に張りついていた若い衆が言った。さきほど杢之助と真吾が見た、万年屋留次郎とそのお仲間である。もちろん、久左たちは留次郎たちを知らない。ただ、野博打の客が、

「これで五人か。あと幾人か来るだろうが、よし。榊原の旦那も、もう近くで配置についていなさろう。源造が近くにいりゃあ、木戸番さんにゃかえって好都合となるかもしれねえ。行くぞ」

「へい」

四人は腰を上げた。

亭主がホッとしたように、

「ありがとうございます。またのお越しを」

「おう。うまい蕎麦だったぜ」

与市が返し、遊び人風たちは外に出た。蕎麦屋の亭主もおかみさんも異様を感じたか、追うように暖簾から外をのぞいた。その目に映った。

「やっぱりだ。お向かいの奥に関わっている人らだよ」

「なにか起こるんかねえ。いやだよう、この町で騒ぎなんて」

二人とも声も表情も強張《こわば》り、なおも外を見つづけている。四人の影が路上に長く落ちている。日の入りは近い。

与市と二人の若い衆が玄関前に残り、久左が一人で、

「おう、花車ってのはここかい」

暖簾を頭で分けた。内藤新宿を仕切る店頭だ。押し出しは強い。入れ込みにいた仲居は足を硬直させ、飯台にいた三、四人の客も身を固まらせ、

「は、はい。さようで」

奥から前掛姿の亭主が揉み手をしながら小走りに出てきた。

「俺は宿《しゅく》を仕切らせてもらっている者だ。いま弥三郎ってえ吝《けち》な野郎が来ているはずだ。引き渡してもらうぜ」

草鞋のまま、有無も言わせぬようすで廊下に上がった。脇差は帯びていないが、ふところに匕首を呑んでいるのが看《み》て取れる。

奥にまで聞こえる大きな声だ。一部屋からざわめきの起こったのが感じられた。

「あぁあ、お客さん！」

「うるせえ。弥三郎に用だ！」

亭主が叫び、久左の足音が廊下に響く。

部屋の中では、

「あ、あ、あぁ。なんでここが……」

胡座《あぐら》に座っていた弥三郎は飛び上がり、

「きょ、きょうのところはこれでっ」

板戸を蹴破り廊下に飛び出た。弥三郎が内藤新宿で野博打を開帳していたなら、とっくに命はなくなっていただろう。だから宿《しゅく》には塒《ねぐら》だけを置き、府内に出張ってきていたのだ。それでも宿を仕切っている者にばれたなら、連れ戻されどのような折檻が待っているか。それが無頼たちの掟《おきて》であることは、これまで与太を張ってきた弥三郎が知らないはずはない。捕まれば、相手は役人よりも始末が悪い。

一匹狼を気取る与太が自分の一家を張ろうと思ったとき、いずれもそうした手段を踏み、殺されるか伸《の》し上がるかしてきたのだ。弥三郎はその道に踏み込んだばかりのようだ。

「おっ、出てきやがったな！」

「うわーっ」

久左がふところに手を入れ身構えたのへ、弥三郎はまた飛び上がり、奥のほうへ逃げ裏庭に飛び降りた。

「野郎！　待ちやがれいっ」

久左は声だけを送り、板戸の蹴破られた部屋に入った。亭主は成すすべもなく、ただ廊下の隅で蒼ざめ、立ちすくんでいる。これまで幾度か弥三郎に部屋を貸し、料理を出すだけでは得られないような割前《わりまえ》をふところにしてきたのだ。

部屋の中には簡単ながら盆茣蓙《ぼんござ》の用意がしてある。客は五、六人、あと数人そろったところでご開帳だったのだろう。それらは突然のことに壁際に身を退き、茫然自失となっている。そのなかには忍原横丁の万年屋留次郎もいる。ともかく鮫ガ橋とその近辺の旦那衆たちだ。

「あっしゃあ、お上《かみ》の手の者じゃありやせん。安心しなせえ。さ、早う裏口から逃げなせえ。岡っ引がすぐ駈けつけるかもしれやせんぜ」

「は、はい」

旦那衆は〝お上の手の者〟ではないと聞き安堵を覚え、硬直した身に動きを得たか一斉に立ち上がり、弥三郎のあとを追うように廊下から裏庭へ飛び出した。まだ明るいせいか右往左往することはない。しかもさっき入ってきた通路だ。裏の勝手口にわれ先にと走った。

廊下では久左が亭主に、

「おめえさん。こんな稼ぎはな、いつかはこうなるんだぜ」

「は、はい」

亭主は壁に背を押しつけ、顔面蒼白になりかかろうじて声をしぼり出した。

「あとは源造さんがどう判断するかだ」

言い残し、悠然と玄関に向かった。亭主は、

「あぁぁぁ」

その場にへたり込んでしまった。

外では、与市と若い衆二人が待ち受けている。出てくるところは分かっている。

弥三郎は飛び出た。その路地からだ。

「野郎！　逃がさねえぞっ」

「うへーっ」

弥三郎はまたも仰天したように飛び上がり、与市らの身構える逆の方向へ走り、逃げる者の心裡か入り組んだ脇道に走り込もうとした。

「こらーっ、弥三郎！　許せん！」

そこへ仁王立ちになり大音声《だいおんじょう》を上げたのは榊原真吾だった。

「うえっ」

弥三郎はまたもやその場で飛び上がり、広い境の通りを走り、そのあとを、

「逃がさんぞーっ」

与市と若い衆二人が追いかける。

花車の前では、路地から万年屋留次郎ら町の旦那衆がつぎつぎと走り出てきて、

「うへーっ」

顔を両手で覆い、弥三郎の逃げたのと逆の方向へちりぢりに走り去った。

これだけの騒ぎになれば、

「なんだ、なんだ！」

「えっ、花車さん！　やっぱり」

野次馬の集まらないはずはない。境の通りの一角に近所の住人が群れれば、まだ近くにいた源造が察知しないはずはない。

「おかしいぞ！　義助、利吉！」

「へいっ、親分！」

走った。さきほど吟味の声を入れた花車の前だ。

「おっ、新宿の。なんでここに！　あっ、榊原の旦那まで!?」

久左が玄関から出てきて、逃げる弥三郎を一喝した真吾が、悠然と花車の前へ戻ってきたところだ。

「おう、四ツ谷の。すまねえ」

「どういうことでえ、これは！」

源造は詰問の口調になっている。町の者たちが囲むようにして見ている。もちろん与市らのあとに走って行った者もいる。

「宿《しゅく》に巣喰《すく》ってる野郎が、大木戸のこっちで悪戯《わるさ》をしてやがるって聞いたもんでよ。あとを尾けてきたら、ここの花車で野博打だ」

「なに！」

源造は花車の玄関口を睨み、

「で、その野郎。おめえの手の者かい」

「いや。ただ、宿に巣喰ってるだけのやつだ」

「似たようなもんじゃねえか」

「だからよ、おめえに悪いと思い、大木戸向こうへ連れ戻そうとしてこの始末だ。おめえさんの縄張《しま》に勝手に入ったのは申しわけねえ。これもおめえさんに迷惑をかけたくなかったからで」

「源造さん。緊急の事態だ。俺はその助っ人でなあ」

「へえ、旦那」

榊原真吾まで出張っているとなれば、源造は恐縮の能《てい》にならざるを得ない。

「それよりも源造さん、やつを捕まえねば」

「おう、そうだ」

真吾が言ったのへ久左が応じ、

「あっちだ！」

走り出し、真吾も素早く袴の股立《ももだ》ちを取りつづいた。

「おっおぉぉ」

野次馬たちの輪が崩れた。

「行くぞっ」

「へいっ」

源造も走り、義助と利吉も走った。若者二人には初の捕物だ。張り切っている。しかも手習い処の師匠がついているとなれば恐いものはない。

走りながら源造が、

「おい、新宿の。場所は分かるのかい」

「あゝ、やつの来た道だ！」

「おう。そうか」

源造は納得し、走った。地理に不案内な者は、知った道を逃げるものである。それでも弥三郎は幾度か脇道や路地に走り込んだ。そのたびに、

「それ！」

与市が指図し、若い衆が別の路地に走り込んで元の往還へ追い出した。捕まえる機会は幾度かあった。だが捕まえない。これも逃げる者の本能か、弥三郎は自然と知った道に歩を進める。来た道だ。日の入り間近だが周囲はまだ明るい。暗くなればどうにでも逃げられる。弥三郎は目標を持った。昼なお暗いところ……闇坂《くらやみざか》だ。走った。与市らは追う。そこへ久左に真吾、源造、さらに大張り切りの義助と利吉がつづく。それらの目は、若い衆らの背を捉えた。

与市も久左も真吾も、

(よしっ)

走る荒い息のなかに確信を持った。

「――闇坂に追い込んでくだせえ」

李之助は言ったのだ。しかもそれは、

「――騒ぎになれば、かならず源造さんは駈けつける」

ことを想定してのものだった。しかも、日が落ち暗くなってからではこの〝策〟は成り立たない。その時分になれば、月が出ていても坂は漆黒の隧道となり、一寸先も見えなくなる。いくらかでも太陽が残っているうちなら、目を凝らせば動いている人の輪郭くらいは識別できる。

町場を離れた。弥三郎の目に坂下の林が入った。その先には闇坂の上り口が待っている。弥三郎はけっこう足が速かった。いつの間にか一群の先頭には若い義助と利吉、それに久左の若い衆二人と与市らがひとかたまりになり、弥三郎はそのかたまりにかなり差をつけている。

野次馬のなかにも若い者はいる。源造や真吾、久左に追いつき、追い越している者もいた。追っている一群と一緒になり、

「待てーっ」

「待ちやがれーっ」

声まで出している。

弥三郎は林を抜け坂道に入った。日が沈んだばかりで、まだ周囲は明るい。弥三郎はあとを振り返り、

「うおっ」

呻《うめ》きとも悲鳴ともつかない声を発し、急な上り坂に力をふりしぼった。林の道に小さく追っ手の姿が見えたのだ。

暗闇である。さきほど林の道に見えた追っ手たちも坂道に入ったろうが、弥三郎はいくらかの安堵を覚え、足に新たな力が湧いてきた。

大きな息を吐き、また吸い、さらに走った。

坂の中ほどまで来たろうか、

「うわっ」

足をとめた。目の前に何者かが立ち塞がったのだ。李之助である。

「桔梗屋への強請《ゆすり》、許せねえぜ！」

影の輪郭だけが見える。

「だ、誰だ！」

つぎの瞬間だった。李之助の腰が落ち、左足を軸に右足が闇のなかに弧を描き、
空《くう》に舞った右足の甲が弥三郎の首筋を打った。

「うぐっ」

――グキッ
李之助は右足に、弥三郎の首の骨が折れるのを感じた。

弥三郎の身はその場に崩れ落ちた。

坂の下のほうに大勢の人の気配を感じる。

「走れ！　見失うなっ」

声も聞こえる。

（こうする以外に……）

李之助は念じ、腰をかがめまだ温もりのある弥三郎の〝死体〟をころがした。下からの大勢の気配は、すぐそこにまで迫っている。荒い息遣いまで感じられる。力を入れた弥三郎の〝死体〟がかすかに呻いたようだが、気のせいかもしれない。

弥三郎の体はころがった。その音が聞こえる。

人の気配はもう数歩のところだ。

「よし」

李之助は、

「あわわわっ」

自分もころがった。

八

「な、なんだ！　これはっ」

一人がつまづいた。

「ひぇーっ、人だ！」

「なに！　どれっ」

かすかに人の横たわっているのが識別できる。

そこへまた、

「あわわわっ」

「うわっ」

さらに一人、ころがってきたのが群れのなかの者にぶつかった。

「おっ、もう一人ころがってきたぞ」

「ともかく捕まえろ！」

誰の声かも分からない。

「儂《わし》だ、儂だ！」

「おっ、その声。左門町の木戸番さん！」

引き起こしたのは与市と義助のようだ。

「さっきころがったの、弥三郎だ。儂とぶつかったのだ！」

「ええ！　こやつ、弥三郎か！」

「捕まえろ！」

「それっ」

弥三郎の身に数人が折り重なり、

「野郎！」

「こいつうっ」

殴りつける者もあれば蹴る者もおり、

「痛《いて》！　誰だ俺を蹴りやがったやつは」

入り乱れるなかに、

「おい。こいつ、動かねえぞ」

「なにいっ。下へ、下へ運べっ。見えるところにだ」

だみ声は、追いついた源造のようだ。

「おぉぉ」

数人の者が手探りで弥三郎の手足を取り、坂下へ引きずった。ズルズルとすべり、楽な作業だった。闇の中で真吾が、

「大丈夫か」

「へえ、なんとか」

杢之助は返し、自分で歩いた。

林の道に出た。

明るい。

見える。

「おおぉぉ」

「やっぱり」

弥三郎を引きずってきた者たちが、気味悪そうにつかんでいた手足を離した。

「こいつかい、弥三郎ってのは」

「そうだ。間違いない」

源造が言ったのへ、久左が応えた。

周囲には、さっきの花車の玄関前よりも人の数が増えている。与市もその配下の若い衆も、義助と利吉も暗闇の中からのつづきか、それら野次馬のなかに入り乱れ、誰が弥三郎を蹴ったか叩いたか分からず、手足を引っぱってきた者さえ誰と誰だったか分からなくなっている。そこへまたさらに町場から走ってくる者もおり、群れに入り混じっている。

弥三郎の死体を前に、

「おい、バンモク。さっきおめえの声が聞こえたが、こいつぁどういうことだ。なんで上から弥三郎がころがってきた！　それに、おめえがなんでここにっ」

「それよ、源造さん」

太い眉毛を上下させる源造に杢之助は応えた。そこはまだ明るく、周囲には野次馬がなおも増えようとしている。鮫ガ橋の町役も走ってきていよう。

「ほれ、源造さん。あんた言ってたろう」

着物の土を払いながら、

「鮫ガ橋で内藤新宿か赤坂あたりのやつが野博打を開帳してるってよ」

「あゝ、言った。そいつがこの野郎ってことかい。さっき、宿《しゅく》の久左どんもそう言ってたがよ」

「まあ、黙って聞け。きょう、まだ太陽が空に高い時分だった。宿の久左さんにその若い衆、それに榊原さままで一緒に鮫ガ橋のほうへ向かっていなさるのを見てよ」

「そうよ。俺たちが四ツ谷で動くにゃ、土地の人もいなくちゃ縄張《しま》荒らしになっちまうからなあ」

「そういうことだ。かねて見知った久左さんから頼まれてな。理由《わけ》を聞き、刀を差して一緒に出張ったたってことだ」

間合いよく久左が割って入り、真吾がつないだ。

「そ、そうかい。いや、バンモク。俺が訊いてんのは、なんでおめえがここにいて、上から弥三郎と仲良くころがってきたかってことだ」

「だから順序どおり聞きなよ」

「おう。話せ、話せ。さあっ」

源造の眉毛がまた大きく動いた。

周囲は固唾《かたず》を呑んでいる。杢之助はそれら衆人環視のなかにふたたび話した。

「それがどうも気になってよ。凝《じ》っとしておれず、木戸番小屋の留守をおもての清次旦那に頼み、出てきたのさ。それでこの闇坂に入って弾みがつき、中ほどまで走り下りてきたらよ、不意に下から駈け上ってくるのがいて」

「もろにぶつかったってことかい」

「そうさ。そやつ、逃げているようすだったから、すぐに弥三郎と分かったぜ。野郎はひっくり返ったが儂もつまづき、ころげ込んでしまってよ」

「あははは。上からと下からじゃ、バンモクでも勢いで勝《まさ》ってらあ。それにとっさに弥三郎と気づいたのは褒めてやるぜ」

源造は得心したように笑った。

「源造さん。こいつ、首の骨が折れてるみたいだぜ」

「ほう。コロコロころがったんじゃ、そうもなろうかい」

鮫ガ橋の住人が言ったのへ、源造はなんの不審も抱かず返した。

いつ息の根がとまったか、吟味に入った。分からない。死体には刺し疵《きず》も斬り疵もない。あるのは打ち身ばかりだ。義助と利吉も、それに久左の配下の若い衆も、さらに駈けつけた鮫ガ橋の住人たちも、

「――この野郎！」

と、騒ぎに加わっている。奉行所の白洲で調べても、さらに分からないだろう。

「困った、困ったことに」

困惑の声を入れたのは、飯屋と木賃宿を営む町役だった。他にも町役が数人、駈けつけている。いずれも困惑の表情になっている。

「源造さん。いやさ、四ツ谷の人よ」

そこへ入れた久左の言葉は、この場に大きな助け舟となった。

「こいつぁ木賃宿住まいとはいえ、内藤新宿の住人でさあ。俺は鮫ガ橋のお人らに迷惑がかかっちゃいけねえと思い、こいつを尾けてここまで来たんだ。死体になっちまったのは仕方がねえ。ともかく俺に引き取らせてもらえねえか」

久左は周囲を見まわした。集まっているのは、鮫ガ橋の住人たちで、そこには町役もいる。一瞬戸惑いの沈黙がながれ、

「うん」

「ふむふむ」

すぐに肯是《こうぜ》の頷きが聞かれた。瞬時にかれらは算盤《そろばん》を弾いたのだ。奉行所での吟味になれば、役人が出張ってきて町の費消が嵩《かさ》むばかりではない。幾人が奉行所のお白洲に引き出され、それがまた幾日になるか知れたものではない。〝困った、困った〟の声が出たのは、早くもそれを予想したからである。

「源造さん、儂らは同意しますじゃよ。それに、花車も儂らに任せてもらいたいのじゃが、どうだろう」

「うっ」

源造は突然の申し出に呻いたが、周囲にはさらに強い肯是の頷きが聞かれた。多くの住人は、花車で賭場が開帳されていることは知っていたようだ。そこを突《つ》つけば、顔見知りの旦那衆が幾人挙げられるか知れたものではない。それを奉行所抜きで、自分たちだけで処理しようというのだ。

町役の声に、またも久左が助け舟を出した。

「元凶はこやつだ」

地面に横たわっている弥三郎を手で示し、

「悪の元がいなくなりゃあ、もう波風が収まったってことになりやせんかい」

「そういうことだ、源造さん」

町役たちが相槌《あいづち》を入れる。それは明らかに周囲の声を代弁していた。

源造も心中秘かに算盤を弾いた。岡っ引などとは、奉行所の同心から私的に町の耳役として雇われているに過ぎない。雇われるといっても、給金などほんの小遣い銭程度のものだ。実入りといえばなんといっても奉行所の〝御用〟を背景に縄張内の商家をまわり、ちょいと袂《たもと》に入れられるおひねりである。

（手柄を立てて同心の旦那に褒められるより……）

頭の中をめぐる。これをなかったことにすれば、

（ふふふ。鮫ガ橋の住人らめ）

思いもするが、住人らの申し出は、源造が程度をわきまえ、そうあくどい岡っ引ではないことを知っているからこそである。それに、杢之助がこのながれを予測し、闇坂《くらやみざか》での策を立てたのも、丸く収めるであろうとの源造への信頼感に似たものがあったからにほかならない。杢之助は、かたわらからそっと言った。

「源造さん。それが鮫ガ橋のお人らのためにもなるんじゃないのかねえ」

「うーむ」

源造はまだ迷っているようだ。

あたりは暗くなりかけている。

突然源造は、

「ワッハッハハ」

笑いだし、

「おう、バンモクよ。おめえ、怪我の功名とはいえ、大手柄だぜ。この坂で見失ったかもしれねえのを、おめえがぶつかってくれたおかげでよ。アッハッハ」

「おーっ」

周囲から世間を忍ぶような、抑えた歓声が洩れた。

「おっ、もう暗くなったぜ」

誰かが言った。実際、周囲は闇坂《くらやみざか》とさほど違いはなくなりかけている。

「大八車を」

飯屋と木賃宿を営んでいる町役が言った。

「わしの家のを」

即座に応じたのは炭屋のあるじか。

野次馬が散るなかに、準備はすぐにととのった。提灯まで用意されていた。筵《むしろ》をかけた大八車を牽《ひ》くのは、与市に若い衆二人に義助、利吉と数もそろっている。四ツ谷大木戸まで源造がつき添えば、どこの自身番からも誰からも誰何《すいか》されることはない。

夜道に車輪の音を聞きながら、久左がポツリと言った。前方を行く大八車の影だけが見える。

「野郎め、どんな境遇に育ちやがったか、哀れなやつよなあ」

「その境遇に勝てなかったということかな」

応えたのは真吾だった。

杢之助は無口になっていた。やらねばならぬことが、まだあるのだ。それに、今夜は清次と思いっきり呑みたかった。

からまる因果

一

松次郎と竹五郎が出職《でじょく》から戻り、

「杢さん、杢さん、聞いたぜ。きのう俺たちが戻ってきたときよ。おミネさんがここにいて、留守番を頼まれたがよ」

「それよ。杢さんも行ってたんだって？　鮫《さめ》ガ橋《ばし》さ」

三和土《たたき》に立ったまま、二人は交互に言った。きょう一日、松次郎と竹五郎は鮫ガ橋の東手から外濠《そとぼり》の一帯に広がる武家地をまわった。その武家地では、

「なにも聞かなかったがよ、帰りに鮫ガ橋の町場を通ったのよ」

「すると町の人が俺たちを呼びとめるのよ」

そこで〝左門町の木戸番人〟も〝麦ヤ横丁の師匠〟も来ていたことを聞かされたら

しい。

「驚いたよ。李さんのお手柄で野博打《のばくち》の男を捕まえたって？」

「ケガはなかったかい」

二人は言う。聞きながら、李之助は安堵《あんど》を覚えた。

「そやつ、なんでも大木戸向こうの住人らしくって」

「そうそう、宿《しゅく》の店頭《たながしら》が引き取ったって？　大変だア。そいつ、ただじゃすまされねえぜ」

と、久左《ひさざ》の引き取ったのが〝死体〟だったことは、鮫ガ橋の住人の口からは、

（洩れていない）

あの広い町場で、忍原横丁と同様に〝緘口令〟が厳然と守られていることに、恐ろしいほど感心せずにはいられなかった。もっとも暗闇の中で誰が殺したか分からず、〝死体〟が明らかになれば源造とて〝なかったこと〟にはできなくなる。いわば鮫ガ橋の全住人と源造、真吾、久左、それに李之助たち関わった者すべてが一蓮托生となり、死体を消してしまった……。洩れてはお互い、

（困る）

のだ。

きょう一日、木戸番小屋の前にけたたましい下駄の音が響かなかったのも、行商人や駕籠《かご》舁《か》き、荷馬人足などの耳にも入っていないことを示していようか。松次郎と竹五郎が聞かされたのは、二人がなじみの顔であると同時に、木戸番人とおなじ左門町の住人だったからであろう。

「そうともよ。あの真っ暗な坂道でぶつかったのが野博打の男だったなど、あとで聞かされ足が震えたよ」

杢之助は話を合わせた。

「杢さんも、もういい歳なんだから、気をつけてくれよな」

「ほんと、腰を打ったり擦《す》りむいたりしなくってよかったよ」

ひとしきり話してから、

「おっ、もう日の入りだ。湯に行こうぜ」

「おう」

二人は木戸番小屋を出た。このあと湯屋の柘榴口《ざくろぐち》の中で湯音とともに、

「えっ、鮫ガ橋で野博打やってたやつがいたのかい。だったら俺もちょいとのぞきたかったなあ」

「松に竹よ。そんなの潰《つぶ》される前《めえ》に話すもんだぜ」

「てやんでえ。俺もきょう聞いたばかりでえ」

「そうともよ」

やりとりが始まるだろう。だが、大きな噂にはなるまい。真吾が刀を抜いたわけでも、奉行所から役人が出張《でば》ってきたわけでもないのだ。

だが、杢之助の胸中は晴れなかった。弥三郎の強請《ゆすり》が許せなかったとはいえ、

（片方だけを……）

胸に迫ってきてならないのだ。

昨夜、木戸番小屋で清次はチロリを杢之助の湯飲みにかたむけながら、

「――やつは殺されなきゃならねえ脅しを、桔梗屋《ききょうや》に仕掛けたんですぜ」

言ったものだが、その伊兵衛も片割れだったから仲間に脅されたことを思えば、やはり後味の悪さは残る。

それでも、きょう朝のうちだった。おコマが手習い処へ行くまえだ。杢之助は散歩を装い、フラリと長善寺の門前町に出かけた。桔梗屋を安心させるためだ。あるじの伊兵衛をおもてに呼び出し、

「――きのう夕刻、弥三郎は内藤新宿の店頭が引き取りました。死体で……」

「――えっ」

伊兵衛は安堵よりも見る見る蒼ざめ、杢之助が話す経緯《いきさつ》もうわの空で身を震わせはじめた。悪党なら悪事の片割れの死を平然とよろこぶだろうが、それができない伊兵衛は、やはり善人ということになろうか。

「――ま、そういうことですから」

伝えるだけ伝え、杢之助は左門町に戻った。おコマがおウメにつき添われ麦ヤ横丁に入るのを、杢之助は見ていた。

「――帰りは一人でね」

おウメはおコマに言っていようか。そのおコマの小さな背を見ていると、

(これでよかったのだ)

思いもできる。しかし……。

杢之助は湯に行く松次郎と竹五郎を見送ると、すり切れ畳にならべた荒物のかたづけにかかった。日が落ちてから買い物客が来ることはない。

暗くなってから一度町内の火の用心にまわり、風があれば二度、三度とまわるが、今宵は春の陽気に穏やかな夜になりそうだ。

軽い下駄の音だ。清次の居酒屋は、日暮れてから客足の絶えたときが暖簾《のれん》を下げるときとなる。それがいつも夜五ツ（およそ午後八時）時分だ。おミネの下駄の音が聞

こえたのは、今宵もその時分になったころだった。

「杢さん」

腰高障子が開いた。いつもなら顔だけ三和土に入れ、お休みの挨拶だけでまた障子戸を閉めるのだが、きょうは敷居をまたいだ。杢之助もそれを受け入れるように細身のおミネを見つめている。志乃には昨夜のうちに清次が話したろうが、おミネにはきょう昼間、

「――杢之助さんが闇坂《くらやみざか》で弥三郎とぶつかってねえ」

と、話している。

「――えぇえ！　杢さんが!!」

おミネは声に出して驚いたものである。

「ほんと、気をつけてくださいよ。相手がもし刃物など持っていたらどうしますか。あの坂道、暗いうえに急でどっちもころがってしまったのが、かえってよかったかもしれないけど」

「あゝ。あのときは儂《わし》も慌てて、気がついたら坂の下までころがって、そこに榊原さまや源造さんがいてくれてなあ」

心配そうに言うおミネに話しながら、

（すまねえ）

李之助は心に詫びていた。

「ほんと、骨など折らずによかったですよ」

おミネが親身になっているのが、その口調からも分かる。李之助にはそれがますます辛い。外は月が出て提灯《ちょうちん》がいらないほど明るいが、人通りはない。

クルリと向きを変え、敷居を外にまたごうとするおミネに、

「あ、おミネさん」

李之助は呼びとめた。

「えっ」

おミネは身をとめ、振り返った。うしろで束ねただけの髪が勢いよく揺れた。

「い、いや。なんでもない。ただ、品川の浜屋で一坊、いまごろ厨房のかたづけを終え、もう寝ているかな、なんて思ってなあ」

「なんですよう、そんなこと。あたしが言ったときには、親の心配性は子にとってよくないなんて言ってたくせに」

「あはは。そうだったなあ」

「んもう」

おミネの束ね髪がまた揺れ、

「でも、ありがとう。李さん」

低い声で言い、なにやら期待がはずれたような、物足りなさを含んだ表情で腰高障子を外から閉めた。

呼びとめたのは、ほとんど無意識のうちだった。

（ともかくおコマ坊、親の以前がおもてにならずにすんでよかった）

念頭にあったのが、フッと太一に重なったのだ。

長屋の路地へ遠ざかる下駄の音に、

（そういうことなんだ、おミネさん）

胸中に呟《つぶや》き、大きく息を吐いた。

ふたたび、腰高障子の向こうに気配が立った。足音もなければ、

「入りねえ」

李之助の声に、腰高障子にも音は立たない。清次だ。熱燗《あつかん》のチロリを提げている。

一日を経て、思考は明日へ向かう余裕を得ている。だが、明るい日ではない。事件の始末は、まだ終えていないのだ。

「鮫ガ橋のことは、鮫ガ橋の町役さんたちが差配しなさろうよ」

「それはそうでやしょうが、桔梗屋さんのほう、なにか動きはありやしたか」

酌み交わしながら杢之助が言ったのへ、清次は問いを入れた。

「まだだ。儂が伊兵衛さんの顔をまともに見られねえように、向こうだってこれまでどおりに、儂の顔がまともに見られねえどころか、夜も眠れねえはずだぜ」

「おそらく。で、どうなさいやす」

「どうなさるって、そりゃあ向こうが決めることだろうよ。それを待つしかねえ」

「あっしもそう思いやす。それにしても杢之助さん」

「なんでえ」

湯飲みを干し、清次の視線を杢之助は受けた。

「伊兵衛さん、いつおウメさんに打ち明けなすったのでしょうねえ。弥三郎が現われてからか、それともずっと以前にか」

「あはは、清次よ。そりゃあ伊兵衛さんとおウメさんの、夫婦の問題だぜ」

「へえ、さようですねえ」

「しっ」

「志乃でさあ。肴《さかな》をなにか用意しろと言っておいたので」

腰高障子に立った気配は、障子戸にすき間をつくって足と腰で器用に開け、

「はい。追加の熱燗に、オカラと煮込みニンジンの和《あ》え物です」

両手に持ったチロリと盆をすり切れ畳に置いた。志乃は清次が元盗賊であることを承知で、というより、だから一緒になったのだ。

「では、ごゆっくり」

すぐに退散し、腰高障子を外から閉めた。志乃は清次と杢之助の話に立ち入ることはなく、常に黙って支えている。二人が深夜に木戸番小屋で話すのは、〝因果〟に関わるものであることを、充分に心得ているのだ。

障子戸に杢之助は視線を投げ、

「おめえには過ぎた女房だぜ」

「よしてくだせえ」

二人のあいだに、いつも交わされる言葉である。

二

翌日、一膳飯屋のかみさんがけたたましい下駄の音を通りに響かせたのは、松次郎と竹五郎が、

「きょうは鮫ガ橋の向こうの武家地だい」

「お武家にも、煙草をやりなさる人がけっこういてよ。二、三日つづきそうだ」

左門町の木戸から街道に出るのを、

「おう、稼いできねえ」

と、下駄をつっかけ見送ってからすぐだった。木戸番小屋に戻ろうと腰高障子の桟に手をかけたのとほとんど同時に、

「杢さん、杢さん」

声に杢之助は振り返り、敷居の外で迎えた。

「もう、びっくりしたよ。あの急な闇坂《くらやみざか》で賊とぶつかるなんて。大丈夫？　ころがって腰を痛めたりしなかった？」

かみさんは心配そうに杢之助の足腰に視線を這《は》わせ、

「もういい歳なんだから」

念を押すように言う。昨夜湯屋から広まり、けさ一膳飯屋のかみさんにも伝わったのだろう。弥三郎が〝賊〟になっている以外、大げさには広まっていないようだ。

「あゝ。ご覧のとおり、なんともなかったよ。ちょっと痛かったけどな」

「それならいいんだけど。賊は大木戸の向こうから来ていたんだって？　まったく人

騒がせだよねえ。左門町でなくってよかったよ」

かみさんは杢之助の無事を確認すると、きびすを返した。

「心配してくれて、ありがとうよ」

「ほんと、気をつけておくれよ」

杢之助の声に、かみさんは振り返った。

敷居をまたぎ、中から腰高障子を閉めた。一膳飯屋のかみさんの心配は、おミネも松次郎、竹五郎たちを含め、町の住人《ひと》全体の声といってよかった。

(すまねえ)

杢之助は心に詫び、

(だからよう、儂はこの町に溶け込みたいのよ)

あらためて思いながら、すり切れ畳に荒物をならべはじめた。

まだ朝のうちだというのに、松次郎や竹五郎の戻ってくるのが待たれる。桔梗屋のようすが、なにか判《わか》るかもしれないのだ。

「おう、バンモク。いるかい」

だみ声とともに腰高障子が音を立てたのは、午《ひる》すこし前だった。

「おっ、源造さん。待ってたよ」

実際、杢之助は待っていた。鮫ガ橋のその後を知りたいのだ。杢之助が荒物を押しのけた箇所に源造は、

「おめえは坂道でころがっただけだったが、それがまあよく手柄になったもんだ」

言いながら音を立てて腰を投げ落とし、

「ま、あそこの町役《ちょうやく》さんたちも現金なもんだぜ。花車《はなぐるま》一人の処分で、あとはお構いなしと丸く収めやがったい」

片足をもう片方の膝に上げ、杢之助のほうへ身をよじった。言葉遣いは乱暴だが、鮫ガ橋の町役たちを非難している口調ではない。むしろ、その逆である。

聞けば、鮫ガ橋の町役たちは幾度か寄り合い、

——野博打に場を貸した罪は小さくない
結論づけ、即刻花車は鮫ガ橋ばかりでなく、四ツ谷全域からの終身所払《ところばら》いを決めたという。追放である。村八分より厳しい。人が一人、死んでいるのだ。

——それに見合う処分
町役たちの総意であれば、花車は従う以外にない。決めたのはそればかりではなかった。野博打の客には、町内の旦那衆もけっこう加わっていた。それらは、すべて

不問にした。

「――なにも波風を立てることはなかろう。源造親分もそのつもりで」

　鮫ガ橋の町役たちは言ったという。

「ま、それで町が丸く収まるならいいじゃねえか。だがよ、花車で手慰《てなぐさ》みをやってたやつら、このさきずっと町内でうしろめたい思いをするだろうよ。奉行所の門前で百敲《たた》きになるより、そのほうが身に堪《こた》えるかもしれねえぜ」

　源造の話に杢之助は、竹五郎から聞いた忍原横丁の味噌屋、万年屋留次郎の顔をフッと思い浮かべた。

「で、花車はもう引っ越したのかい」

「いや、まだだ。引越し先が見つかるまで十日の期限を切って、住んでいてもいいってことにしたらしい。まったく花車め、弥三郎からどう旨《うま》い話を持ちかけられたか知らねえが、馬鹿なことをしたもんだ。人別帳から、花車の名は消されるだろうよ」

「すると、なにかい。鮫ガ橋の自身番の控え帳にゃ、野博打も闇坂《くらやみざか》での捕物も記《しる》さねえってか」

「そういうことになるなあ。死体は宿《しゅく》の久左が引き取ってくれたし、町の自身番の控え帳に記載がなけりゃ、奉行所の御留書《おとどめがき》に載ることもねえや」

「ほう。そんなら、何もなかったってことに？」

「そういうことにならあ」

源造はまんざらでもなさそうな顔で応《こた》えた。鮫ガ橋からそれ相応の袖の下が出たのだろう。なにしろ鮫ガ橋にすれば、これで同心の接待に気を遣うこともなくなり、町から縄付きを出すのも免れたのだ。杢之助も、ホッとするものを覚えた。だが、源造は眉毛をひときわ大きく動かし、

「こんどはそうはいかねえ」

身を乗り出した。

まだつづきがあるのか、杢之助は心中に身構えた。

「掏摸《すり》だ。近ごろ市ケ谷八幡の境内によく出やがってなあ。なあに、面はつかんでいるのよ。いまのところ、二人しか判っちゃいねえがな」

「だったら二人でも捕まえりゃいいじゃねえか」

言いながら杢之助は、闇坂の一件に関係なさそうなことに安堵を覚えた。

「ははは。おめえはやっぱり俺の同業にはなれねえなあ」

源造は得意気に眉毛を動かし、話しはじめた。

「市ケ谷八幡の境内でよ、もう一月《ひとつき》も前《めえ》のことにならあ。掏《す》った瞬間を見つけてよ。

それに戻しの瞬間もなあ」

「瞬間、瞬間って、二人組の掏摸かい。「それに〝戻し〟ってなんなんだい」

「それさ」

源造は身を乗り出したまま早口になった。

「その場で捕まえず、仲間をまとめて一網打尽に……」

源造は思い、塒《ねぐら》を突きとめようとあとを尾《つ》けた。

「若い男と女の二人組だった。女は二十歳にはなっていようか、若いだけであまり印象に残らねえご面相でよ。野郎は三十路《みそじ》を超えていようか、まあ締まりのある面《つら》だ。そやつらは外濠沿いの往還を四ツ谷御門のほうに向かい、そこでも一回、鮮やかな手口を見せやがった。俺は悔しくってよ。それでも我慢して尾けたさ」

悔しかったのは、そこが源造の塒があるお膝元だったからだろう。

男女二人はさらに外濠沿いの往還を赤坂御門の方向へ向かったという。四ツ谷御門前の町場を過ぎれば、赤坂御門の手前まで武家地で人通りが少ない。その武家地で二人はいきなり白壁の脇道に入り、

「俺は焦ったぜ。その脇道まで走ったが、見失っちまってよ」

引き返したという。賢明だった。人通りのほとんどない白壁ばかりの武家地で尾行

するなど、尾けていることを相手に教えてやるようなものである。

「なるほど」

李之助も源造に合わせ早口で言った。なにやら源造は急いでいるようすなのだ。

「その二人、四ツ谷御門前で〝鮮やかな手口〟を見せたということは、まだあんたの尾行に気づいていなかった。四ツ谷御門と赤坂御門のあいだで気づき、それで武家地をさいわいにあんたを撒《ま》いた。つまりそやつらの塒《ねぐら》は、赤坂御門前の町家ということになるなあ」

「おっ。おめえ、いい勘をしてるじゃねえか。俺もそう踏んだのよ。それでさっそく八丁堀の旦那にご注進よ。赤坂は伊市郎《いいちろう》の縄張《しま》だ。おいそれと踏み込めねえからなあ。旦那から縄張御免《なわばりごめん》のお墨付《すみつ》きをもらおうと思ってよ」

同心から赤坂探索の下知《げじ》をもらい、同業の縄張を気にせず入れるようにするためである。

「もらえたのかい」

「あゝ、もらえたどころじゃねえ。その掏摸よ、同心の旦那方も定町廻《じょうまちまわ》りの範囲に関係なく、どこまでも追いかけてとっ捕まえろと、秘かに触れが出ている腕《うで》こきの掏摸の一味だったのよ。頭《かしら》は軽業重次郎《かるわざじゅうじろう》という男で、俺が見た野郎が戻《もど》しの米助《よねすけ》で、女は重次郎の娘で千鳥《ちどり》のお島《しま》というらしい。奉行所でも重次郎一味の手口も名も分かっているが、顔を知っている者は一人もおらず、当然埒も分からねえらしい。そこへ俺が一味二人の面を割ったことで、それだけでも大手柄よ」

源造が手口を話したことで、八丁堀の同心も源造にそれを明かし、源造に赤坂どころか江戸中の縄張勝手次第《かってしだい》のお墨付きを与えたらしい。源造が得意そうな顔で、眉毛をヒクヒク動かすのももっともなことである。

手口というのは、まず一人が往来で標的にぶつかってふところの紙入《かみい》れか巾着《きんちゃく》を掏り取って素早く中味を抜き、その紙入れか巾着をすぐ近くに往来人のふりをして歩いている米助に渡し、米助はそれをまた標的のふところに戻すという、他の掏摸が真似のできない手練《てだれ》の技《わざ》だった。

すべてが瞬間の動きであれば、中のお宝を全部抜き取ることはできない。抜き取るのは小判など手に触れたものだけとなる。だから掏られた者は、中味が少なくなっているだけで掏摸に遭ったことも気がつかないことが多いらしい。

二年ほどまえに両国橋で一味の一人を捕らえ、牢問《ろうとい》にかけて一味の埒を吐かせ、即座に同心数人が捕方を連れ踏み込んだが、もぬけの殻だったらしい。

「その後一味の行方は分からず、訴えがときおりあって存在だけは確認できるのだが実体は見えず、だから俺たち町場の者に話して一味に奉行所が探索していることを覚《さと》られるよりもって、同心の旦那方だけで秘かに探索していたらしいのよ」

その姿を源造が確認したのだから、それだけでもお手柄ということになろう。その場で数名の同心が申し合わせ、源造に縄張勝手次第のお墨付きを与えたのも当然といえようか。

「で、源造さん。あんた、儂《わし》に合力《ごうりき》しろと?」

「はは。おめえはもう俺に合力しなきゃならねえ状態になってらあ」

「どういうことだい」

「ふふふ」

源造は不気味に笑い、さらに眉毛を大きく上下させ、

「きょう、四ツ谷御門前で戻しの米助を見かけてよ、相方《あいかた》は千鳥のお島じゃなくて男だった。さっそく利吉と義助を呼んでよ」

源造はすでに戻しの米助に、顔を知られているとみなければならない。

「だから利吉にあとを尾けさせ、その利吉を義助が尾け、それをまた俺が離れて尾けるっていう手の込んだ寸法でここまで来たってわけよ」

「ここまで?」

「あ、、戻しの米助たちよ。いま清次旦那の居酒屋に入ってらあ」

「なんだって！」

「ふふふ。やつらめ、こんどはこの近辺の街道か大木戸向こうの内藤新宿で稼ぐつもりかもしれねえ。だからよ、おめえ、いまから居酒屋に行って、昼めしでも喰うふりをしてやつらの顔を拝んできねえ。俺はここで待っているぜ」

「分かった」

杢之助は腰を上げた。なるほど源造はいま、のんびりできない身だった。しかし、冗談ではない。左門町界隈の街道筋を稼ぎの場にされたのでは、八丁堀が町内に入ってきて杢之助の木戸番小屋が詰所にならないとも限らない。

「おう、行ってきねえ。この界隈はおめえに任すからなあ。いま利吉と義助は隣の栄屋に入れてある。動きがあればどっちかがここへ駈け込んでくらあ。分かってるだろうが、覚られぬようにな」

「ふむ」

源造の言葉を背に杢之助が三和土に下り、腰高障子の桟に手をかけようとすると、

「おっ」

外に影が立ち、

「親分っ」

障子戸が開いた。炭屋の義助だ。

「あの二人、大木戸のほうへ向かいやした。利吉が追っておりやす！」

「馬鹿野郎。声が大きい」

腰高障子を開けたまま、しかも慌てたように言う義助を源造は叱りつけた。

「この分じゃ源造さん、向こうは気づいているかもしれないぞ。この先は儂に任せてもらいてえ」

「おう。それがいい。利吉にすぐこっちへ戻るよう言っておいてくれ」

「分かった。儂が帰るまで、どちらかにここの留守番を」

李之助は外に出た。背後で源造が義助の頭をポカリと叩いていた。

三

利吉の姿はすぐに捉えた。一心不乱に前方を見つめて歩いている。

（あれじゃ誰だって気づくぜ）

李之助は思った。源造もそう感じたから、李之助にあとを託《たく》したのだろう。

「利吉どん」

李之助は利吉に追いつき、声をかけた。利吉はビクリとしたように振り返った。尾けている二人組の片方もかすかに振り返った。李之助はそしらぬふりをした。おかげで目標がどれか訊かずとも分かった。二人とも着物に角帯《かくおび》をキチリと閉め、草履《ぞうり》に白足袋の姿は、おそらく前から見ても実直な若いお店者《たなもの》と映るだろう。それだけでも、

（相当な手練《てだれ》）

李之助は看《み》て取った。

「源造さんに頼まれた。ここからは儂に任せ、おまえさんは儂の木戸番小屋に帰りなされ」

「へいっ」

さりげなくささやいたのへ利吉は大きく頷きを返し、きびすを返そうとするのへ、

「で、戻しの米助とはどっちで？」

「あの左側のやつでさあ」

手を前に出し指さそうとするのを李之助は慌ててとめ、

「さ、帰りなせえ」

「へえ」

すれ違った大八車の車輪の音とともに利吉は引き返した。

（あれじゃ源造が儂にあとを委《ゆだ》ねるはずだわい）

李之助は往来のながれに歩を踏んだ。戻しの米助らの足は塩町に入り、長善寺の通りにさしかかっていた。李之助から四間（およそ七米《メートル》）ばかり先である。

「おっ」

李之助が前から来た荷馬を避けたのとほとんど同時だった。戻しの米助がかすかに振り返り、門前町の通りへ曲がった。相方の男はそのまま、まるで他人同士のように街道を進んだ。すぐうしろを歩いていた者でも、二人が示し合わせて分かれたなどとは気づかないだろう。

二人とも、遊び人かお店者か分からぬ若い男に尾けられていたことに、

（気づいた）

どこで？　李之助は思案した。左門町の木戸の手前で居酒屋に入ったのは、それを確かめるためだったのか。あるいは居酒屋を出たとき、隣の古着屋の暖簾から自分たちを見つめる目があるのに感づいたか、それは分からない。ともかく二人は尾行に、

（気づき、撒くため他の枝道よりも人出の多い長善寺の通りを利用した……）

思えてくる。しかし米助らは、往来を歩いている一目で木戸番人と分かる下駄の男

も、尾行の一人だとは気づいていまい。李之助は躊躇《ちゅうちょ》なく戻しの米助を追った。長善寺の通りに入った。いずこも門前町の往来人は、街道を歩く者より気はゆるんでいる。

（なるほど、掏摸にはありがたそうな場所だわい）

李之助はあらためて通りに視線をながした。その瞬間だった。

「あっ」

低い声を洩らした。いま〝掏摸〟が念頭を占めている。それらしいのが視界に入ったのだ。戻しの米助ではない。十歩ほど前面に、二人組の若い男と女の挙動が、

（標的に狙いを定めた）

李之助には思えた。その二人組に手を伸ばせば届きそうな近くに、戻しの米助が歩をとっている。

その標的……なんと桔梗屋のおウメではないか。おウメは街道のほうへ向かっている。それもなにやら呆《ほう》けたような、考え事をしているようなようすだ。最近の心労を思えば無理もないのだが、掏摸には格好の標的であろう。おウメからは、李之助は男女二人組と米助の背後になって見えないようだ。

男女二人組がおウメの眼前で左右に分かれ、両脇から挟むかたちですれ違いざま、

男はいきなり手を伸ばしおウメの下腹部に触れた。

「あっ」

おウメは小さな声を上げ前かがみになって両手で下腹部をかばうように押さえた。見事だった。相方の女が素早くおウメの簪《かんざし》を抜き、たもとに入れようとした。掏摸が女の髷から簪や櫛《くし》を抜き取る手口は聞いてはいたが、実際に見るのは初めてだ。女を捕らえるべきか、いや、やつらも米助らの一味か……ならば知らぬふりを……瞬時の迷いである。そこへ、やはり瞬時だった。

「おっ」

杢之助は思わず歩をとめ、目を瞠《みは》った。一歩踏み出したのは米助ではないか。思わぬ光景が展開された。米助が女の腕を取った。

「あっ」

女は低く声を上げ茫然の態《てい》となり、片方の男は刹那《せつな》、身構える姿勢を見せたがすぐ無関係かのごとく平然とその場を離れた。女の手にはおウメの簪が握られている。言い逃れはできまい。

杢之助は息を飲み、成り行きを見つめた。聞こえた。米助の声だ。初めて聞く。女に言ったのではない。おウメに対してだった。

「ご新造さん、簪がずり落ちましたよ。この娘さんがうまく受けとめなさった。ほれ」

「ああっ」

米助はつかんだ女の手をおウメのほうへ突き出した。

「あっ」

おウメは驚きの声とともに手を頭にやり、簪のないのを確かめ、

「これっ、確かにあたしの」

引ったくるように取るなり頭に挿《さ》し、

「ありっ、ありっ、ありがとうございますっ」

「ああっ」

おウメは簪を押さえたまま一礼するなり、恐ろしいものから逃れるようにその場を小走りに離れた。女の恐怖を滲ませた表情と呻《うめ》きに、おウメは簪を単に落としたものではないことに気づいたようだ。顔を伏せ髪を押さえ、杢之助とすれ違ったのも気づかなかったようだ。

杢之助は数歩あとずさった。声は聞こえる。光景はまだつづいた。

「おめえ、ふざけた真似をするんじゃねえぜ。おっと、俺はお上《かみ》の御用の者じゃねえが、こんど見つけたらこの腕、へし折るぜ」

米助の攻勢に、

「あぁぁ」

女は呻《うめ》くばかりで言葉もない。その場を離れた男は十歩ほどのところで振り返り、ホッと溜息をついたようだ。杢之助は米助だけでなく、いまの男女の掏摸の顔も確認した。源造の言ったとおり、米助は善人の顔ではないがなかなか締まりがあり、三十路に近い感じだ。掏摸としては至難の業の〝戻し〟をするのも、納得できる面構えだ。男女の掏摸二人のほうは、男は口を半分開け表情に締まりのない、ただふてくされただけの面で、女は化粧はしているのだろうが、張った頬が目尻を細く押し上げたような狐目《きつねめ》で、愛嬌があるとはいえない面相だった。

米助は歩を返し街道のほうへ向かった。動きは瞬時のもので、派手な立ちまわりもなければ大きな声を出したわけでもない。野次馬は集まらず、路上の単なる立ち話のようなものだった。そこに杢之助は、

(見事)

感じざるを得ない。迷いはなかった。男女の新たな掏摸は捨て、米助を追った。

街道に出た。

四ツ谷大木戸のほうへ向かっている。さきほど分かれた仲間を追っているようすは

ない。ゆっくりと大木戸の石畳を越えた。内藤新宿だ。米助はさっき長善寺の通りで杢之助の存在を意にとめなかったように、いまも尾けられていることに気づいているようすはない。杢之助は推測した。

（長善寺の通りへ入ったのは、尾行を撒くためだったのに違いない。ならば、行く目的地は内藤新宿。それも、下見……）

掏摸が稼ぎの場を下見しておくのは当然であろう。しかも二人一組になっての稼ぎなら、その二人が肩をならべて下見をするような愚かなことはしまい。途中まで一緒で、大木戸を抜ければ分かれて一帯を散策するつもりだったのだろう。赤坂を塒に、内藤新宿で稼ぐのなら、左門町はその通り道となる。

（困るぜ、米助さんよ）

思えてくる。それに、さきほどの長善寺の通りでの不可解な行為が、

（いったいあれは何だったのか）

気になる。というよりも、米助という人物に好感に近い興味を覚えた。

太陽は中天をすでに過ぎている。米助は大八車や荷馬の往来する本通りのようすを物色するように歩を進め、脇道に入った。奥には飲み屋や煮売り酒屋に居酒屋などが立ちならぶ一角がある。そこへ歩を進めるとは、米助は嗅覚にもなかなか鋭いものが

あるようだ。

杢之助の目的は、源造には悪いが、塒を突きとめるよりも、ともかく掏摸騒ぎに左門町が巻き込まれないようにするところにある。意を決した。米助が二度ほど路地を曲がったときだ。飲食の店がならび、人足たちが忙しそうに出入りし、往来に人影の絶えることはない。久左の住処《すみか》からかなり離れている。杢之助は歩を速めてすぐ背後に近づき、

「米助どん」

声をかけた。

「うっ」

米助はかすかに呻いた。足をとめたが振り向かず、ふところに手を入れた。

「さっきの簪、見てたぜ」

「なに！」

ふり向いた。しょぼくれた木戸番人だ。米助は怪訝《けげん》な表情になったが、ふところの手は匕首《あいくち》をつかんだまま、まだわずかに身構えている。この用心深さ、

（かつての儂だぜ）

一瞬、杢之助には思えた。だが杢之助は、刃物を身につけたことはなかった。

「ふふふ、米助どんよ」

「………」

「すぐ刃物に頼ろうとするのは、弱い証拠だぜ」

「うっ」

　米助はまた呻き、

「どちらさんで？」

　角帯を締めたお店者《たなもの》らしくない言いようだ。だが警戒は解いたか、ふところから手を出し、怪訝な表情のまま両手をダラリと下ろした。仲居風の女が一人、人足風の男にお店者風が幾人か、すぐ横を通ったが、米助と杢之助のようすは、顔見知りが立ち話をしているようにしか見えず、気にもとめなかったようだ。

　杢之助は米助の視線に応えた。

「大木戸向こうの左門町の木戸番さ。さっきあんたがちょいと足を入れた、あの門前町の向こう側の町さね。たまたま歩いていて見てしまったのよ、あんたのお裁きをね。あの男女と同業かね。そうでなきゃ瞬時に見破れるものじゃねえ」

「なに！　お手前さんも……？」

「一緒にするねえ。だが、安心しな。お上の息は受けちゃいねえ。ちょいとつき合ってくんねえか」

「ふむ」

米助は安堵とともに承知の頷きを見せた。米助もこの木戸番人に興味を持ったようだ。それに米助にとっては、

（なぜ俺の名を知ってやがる）

質《ただ》さねばならない。

「来《き》ねえ」

杢之助は先に立った。さらに米助は、その背がまったく自分に警戒していないのを覚った。自然、米助も警戒の念を解いた。

おなじ路地の居酒屋で、八畳間ほどの板敷きの部屋で入れ込みになっており、場所ごとに、板を張り合わせただけの腰の高さほどの衝立《ついたて》で仕切れるようになっている。その一番奥の隅に二人は座を取り、衝立は立てなかった。人足や行商人たちで客の入りはよく、衝立で仕切っている者などいない。そこへ衝立の席などつくれば、かえって目立つ。

「午間《ひるま》だからね、酒は一合だけにしやしょう」

わざわざ杢之助が言ったのは、酔いはしない、胸襟《きょうきん》を開いたわけではない……こ

とを、相手に覚らせるためだった。それを直截《ちょくさい》に言ったのでは話が進まなくなる。

「ま、それでよござんしょう」

米助は返した。

仲居に簡単な昼の膳と一合酒を注文し、

「杢之助と申しやす」

「左門町の番太郎さんで、杢之助さんでやすね」

米助は確認するような口調で受け、

「あっしは……」

「戻しの米助さんでござんしょう」

「なぜそれを」

仲居が膳を運んできた。しばし途絶えた会話も、

「さ、まずは一杯」

杢之助が米助のお猪口《ちょこ》にチロリをかたむけ、話は再開された。ざわついた入れ込みの大部屋は、かえって秘密の話をするのに適している。他人《ひと》の話に聞き耳を立てる者がおれば、そのほうが逆に目立つ。

「儂がなぜおまえさんの名も手口も知っているか……」

米助は膳の上にまで身を乗り出した。

「町の木戸番といえば、管掌《かんしょう》は自身番とおなじ奉行所ですよ」

「うっ」

米助は、自分たちが手配されていることを覚ったか、警戒心を戻したように身を引いた。

「おっと、儂は密告《さ》したりはしやせん。左門町やその近くで掏摸働きをしない限りはね。ただ儂は、左門町とその近辺が平穏であって欲しいと願っているだけでしてね」

「内藤新宿は？」

「左門町の近くだ。迷惑だね」

言う杢之助に、米助は思案するような頷きを入れ、

「それよりも、左門町の杢之助さんとおっしゃいましたねえ。あっしが女掏摸を見破ったのは、あっしも同業だからだろうとおっしゃいましたが、それをまたあんたは見破りなさった。ということは、あんた……」

「だから言ったでやしょう、一緒にするなと」

「さようですかい」

米助はあっさりと質問を引っ込めたが、視線は値踏みするように杢之助に据《す》えてい

る。李之助はその視線のなかに問いをつづけた。

「それよりも、こっちが訊きてえ。あの男女の掏摸を、あんたは逃がした。同業であっても、お仲間とは思えねえが」

言われた米助は笑みを浮かべ、お猪口を口に運んだ。李之助を値踏みするような視線を、いくらかやわらいだものに戻し、膳にもゆっくりと箸をつけ、

「例えばでやすが、風のように正体を見せない手練の盗賊が、押し入った先で家人を刃物で脅して無理やり金品を強奪するようなやつを見たなら、どう思いやすね。そんな手口、許せますかい」

李之助はドキリとしたが、

「許せんだろうなあ」

「それとおなじでさあ。女の下腹を触って簪を抜くなど、そんな素人っぽいやり口なんざ、本道の掏摸が見たら奉行所の役人より腹を立てまさあ」

「そういうことでしたかい」

「分かっていただけたようで。やはりお手前さんは……」

「おっと、野暮なことは訊きなさんな。儂は町の平穏だけを願っている番太郎さ。おめえさんの手口、儂が知っているってえことを忘れねえでくれ。ただそれだけだ」

膳はまだ残っている。米助はさっき、清次の居酒屋で昼をすませたばかりなのだ。

「ま、罪を背負って生きるってえのは辛いもんだが、おめえさんはまだそれを重ねようとしてなさるようだねえ」

言うと李之助はせっせと箸を動かしはじめた。

「おや、こんどは説教ですかい」

「いいや。罪を重ねるにも、人それぞれに経緯《いきさつ》があろうよ。だからといって、許されるもんじゃねえがな」

「木戸番さんも、ちょっとは他人《ひと》と変わった年行《としゆ》きを重ねてきなすったようで」

李之助は返事もせず、箸と口を動かした。

膳の上もチロリも空になった。

「手間を取らせたなあ。これで儂は帰《けえ》るぜ」

李之助は勘定をすませると、さっさと居酒屋を出た。そのうしろ姿を米助は、あらためて値踏みするように見つめていた。

左門町の木戸番小屋に戻ると、

「へえ、源造親分に言われまして」

と、炭屋の義助が留守番をしていた。退屈から開放されたような顔つきになってい
る。源造は干物屋の利吉を連れ、

「赤坂の伊市郎親分に挨拶を入れておくと、そっちへ出かけやした。で、首尾は?

源造親分からきいておくように言われておりやす」

「そうか。撒かれちまった。そう言っておいてくれ」

「へえ」

儀助は木戸番小屋を飛び出した。源造は報告を受け、舌打ちすることだろう。

まだ陽は高い。杢之助は木戸番小屋に一人となり、

(米助め、どんな経緯で腕こきの掏摸などに)

思いが頭から離れなくなった。

四

清次が義助の帰るのを待っていたように、木戸番小屋に顔を出した。昼の書き入れ
時が終わり、夕の仕込みにかかるまでは暇がある。
「やはり、あの二人がそうでしたかい。形《なり》はお店者風でも、臭いやしたからねえ」

「うまい具合に源造さん、儂一人に尾行させてくれたものだ」

「まったくで」

「宿《しゅく》の居酒屋を出るとき、米助の視線を背中に感じたが、なんともみょうなやつだったなあ。もう一度、じっくりと話したいような……」

「向こうもおなじことを思っているかもしれやせんぜ。来やすぜ、ここへ」

「かもしれねえ」

「だったらあっしは店に戻っていまさあ」

「おう」

清次は早々に退散した。米助が内藤新宿からの帰り、杢之助を訪ねてくるかもしれない。塒《ねぐら》が赤坂なら、左門町は帰り道になるのだ。

源造が来たとき、一膳飯屋も書き入れ時でかみさんが通りに下駄の音をとどろかせることはなかった。書き入れ時を過ぎたいまの時刻は、おもての清次旦那が木戸番小屋に出入りするのは珍しくもないのか、やはり下駄の音は響かなかった。

勘は当たっていた。腰高障子に、ためらいがちな人の影が立った。西の空に日はまだ高いが、一膳飯屋も清次の居酒屋もそろそろ夕の仕込みに入る時分だった。

「入りねえ」

影に声をかけた。応じるように、腰高障子が音を立てた。果たして米助だった。三和土に一歩入り、うしろ手で障子戸を閉めながら、

「やはり、嘘じゃござんせんでしたねえ、左門町の木戸番の杢之助さん。名前も近所で確認させてもらいやした」

「あはは、おめえさんに嘘を言ってもはじまらねえ。ま、座んねえ」

すり切れ畳の荒物を押しやって座をつくり、

「ここならさっきの居酒屋より、ゆっくり話ができるよ。酒も喰い物もねえがな」

「はは、そういう感じでやすねえ」

米助はすり切れ畳に腰を下ろし、杢之助のほうへ身をよじった。言葉遣いもお店者言葉ではなく、伝法な言いようになっている。それだけ被《かぶ》り物を捨て、自分をさらけ出したことになる。そのような米助に、杢之助はみょうに安堵感を覚え、

「戻しの、じゃねえ。極《きわ》めの米助どん」

掏摸仲間の二つ名を否定し、感じたままの枕をつけて呼んだ。皮肉かもしれない。掏摸であっても、その極意に達している男と杢之助は踏んだのだ。

「へえ」

米助は苦笑いの表情になった。そのような米助へ、杢之助は単刀直入に言った。

「なんで他人《ひと》さまのふところを狙うような人になりなすったね。ほかの道に入っていりゃあ、そこでもまた極められる人じゃないのかね、あんたは」

「仕返しでさあ」

自分と同類に近いとみた杢之助に、すんなりと応えた。

「仕返し？」

「へえ。世間への……」

「おめえさん、世間に何をされなすったね」

「言い訳じゃござんせんが。おっと、これは他人《ひと》から聞いたのでやすがね、聞くうちについ身につまされやしてね」

「ほう。それでそれが、まるで己《おの》れのことのように？」

杢之助は自然を装った。桔梗屋伊兵衛とおなじ言い方をする。なるほど伊兵衛も、二十年ばかり前の〝甲斐のある宿場〟での殺しを、〝他人《ひと》から聞いた話〟として打ち明けたのだ。米助はつづけた。

「五歳になるガキでさあ、そのときのその野郎は……」

深刻な表情になり、内藤新宿の居酒屋でのときとは異なり、うつむき加減で視点の定まらない目に、口調も淡々としていた。

「家は深川の富岡八幡宮の近くで、扇子屋でやした」

桔梗屋とおなじだ。だが、奉公人を置くほどでもなく、家族だけの小さな店だったという。父親は発起し、借金をして京へ京扇子の買付けに出た。帰ってこなかった。三月《みつき》ほどを経て、甲斐から町の自身番に連絡があった。遺体が発見され刺し傷のうえ金品がなくなっていたことから、

「物盗りの犯行だろうということでござんしたよ」

（うっ、もしや）

杢之助は心ノ臓が止まるかと思うほどの衝撃を感じた。旅の者が行き倒れ、あるいは変死体として発見された場合、身許が道中手形から判明すれば、そこが天領であれ藩であれ、また町も村も問わず、土地の役人が道中手形を振り出した寺や役所に知らせなければならない。かなりの時間がかかるが、遺品があればそれも届けられる。

「遺髪がありやしたがね。結局残ったのは買い出しのための借金だけで、おふくろは一年を経ずして無理が祟《たた》っておっ死《ち》んじまったそうで」

「五歳だったガキはどうしたい」

杢之助は心ノ臓の高まりを抑え、問いを入れた。

（もう、間違いない）

伊兵衛と弥三郎の顔が脳裡に浮かび、全身の血が逆流するのを覚える。米助はなおも淡々と話した。

「親戚をたらいまわしにされ、そりゃあ借金を背負った疫病神みてえなガキでさあ。ホトケさままでも面倒などみてくれやすかい。ガキは親戚の家を飛び出し、あとは態《てい》のいい子供鉢開きでさあ。盗みにかっぱらい、寝るのはお堂の中か寺の縁の下で、夏は蚊に刺されながら、冬は寒さに震え……」

なおも口調は淡々としている。だが、話すその手がかすかに震えているのを、杢之助は見た。

「それでどうしたい」

「拾われやした。旅の一座の親方に……本性は、掏摸でやした。だけど、あったけえめしに雨露もしのげる屋根の下での寝泊り。極楽でやした」

米助は言葉をとめ、大きく息を吸った。

志乃が熱燗の入ったチロリを提げ、物見《ものみ》に来てもいいころだが来ない。清次は見ていたのか、お客は戻しの米助と気づいたようだ。だとしたら、午すこし前に飯台でめしを喰っていたのだから、志乃もおミネも顔を知っている。清次は気を利かし、物見を出さなかったのであろう。

『その親方さんが、軽業重次郎かい』

言いかけた言葉を杢之助は飲み込み、

「それで諸国をまわりなすったかい」

「まあ、そのようで」

「江戸へは？」

「二年ほども前《めえ》から、ご府内をあちこち。いまは……」

米助は言いかけてとめた。

杢之助は接ぎ穂を入れた。

「それがつまり聞いた話で、おめえさんもその一座をよく知っている……と」

「へえ」

「儂は、若いころは飛脚だったのさ」

「えっ、そうですかい」

話が合った。身の上話よりも、共通する諸国の話がつぎつぎと出てくるのだ。

町内のおかみさんが荒物を買いに来た。

「あらあら杢さん。お客人で、なんだか楽しそうですねえ」

「へえ。ここの木戸番さんと、つい話が合いましたもので」

お店者言葉で応じたのは米助だった。

おかみさんの開けた腰高障子から、日がすでにかなりかたむいているのが分かる。

「ごゆっくり」

おかみさんが敷居をまたいで腰高障子を閉め、すぐだった。

「日のあるうちに帰らなきゃなりやせん。きょうはこれで、へい」

米助は腰を上げ、

「あっしのほうから訊きてえこともあったのでやすが、こんどにしまさあ」

「あゝ、また東海道の道中話など、あんたとしてえもんだねえ」

「へえ」

米助は腰高障子の桟に手をかけ、振り返った。

「そうそう。吝《けち》な稼ぎ、宿《しゅく》もこの近辺も遠慮するよう、そいつに言っときまさあ」

開けた。

外に出た米助に杢之助は、

「そいつへさらに一言、言ってやってくんねえ。罪を背負って生きるってえのは、辛いもんじゃねえのかい。それを重ねる生活《たつき》はなおさらだろうってよ」

内藤新宿の居酒屋で言った言葉を、また言った。

「木戸番さん……」

米助がフッと寂しげな表情になったのを、杢之助は慥《しか》と見た。

きびすを返した。源造じゃないが、腰高障子を開けたままだ。閉めるのを忘れるほど、脳裡が混乱していたのか。だが、背を見せたまま遠ざかるのは、杢之助に対し警戒心の消えた顕《あらわ》れかもしれない。

左門町の通りを奥のほうへ向かう米助の背が、しだいに小さくなるのが見える。その方向……あの闇坂《くらやみざか》を下って鮫ガ橋を経れば、赤坂への近道だ。

（この因果、いったいどういうことなんだ）

心ノ臓が、ふたたび激しく打ちはじめた。伊兵衛が扇子商いの桔梗屋として収まっているのなら、伊兵衛たちが殺した旅のお店者もまた扇子屋だった。しかもきょう、杢之助が米助の人物像へ興味を持つきっかけとなったのも、桔梗屋の女房おウメだったではないか。

心ノ臓の鼓動を抑えながら、杢之助はすり切れ畳の上から遠ざかる米助の背を見つめている。

「えっ？」

声を上げ、思わず膝立ちになった。なんと向かいから、松次郎と竹五郎が戻ってくる。鮫ガ橋の東手の武家地をながしていたのだから、帰りは闇坂を上って左門町の通りの裏手から戻ってきても不思議はない。そのことではない。二人が米助と向かい合い、歩をとめたのだ。交わしている言葉は聞こえないが、

(互いに見知っている者同士)

思える。ほんの二、三言《こと》で別れ、天秤棒を担いだ角顔の松次郎と道具箱を背負った丸顔の竹五郎が、

「おっ、杢さん。障子戸を開けて待っていてくれてるぜ」

「閉め忘れているだけじゃないのかい」

木戸番小屋の腰高障子を見つめながら、二人は近づいてくる。引いている影が夕陽に長い。杢之助はすり切れ畳の荒物をさらに押しのけ、二人分の座をつくった。

「おう、杢さん。帰《けえ》ったぜ」

「あゝ、見えていたよ」

天秤棒を肩からはずした松次郎が三和土に立ち、

「杢さん。さっきすれ違った赤坂の人、知り合いだったんだって?」

「知り合いっていうほどでもないが、なんだか話が合ってなあ」

背の道具箱を降ろした竹五郎も敷居をまたぎ、杢之助はそれぞれに応え、

「座りねえよ」

　すり切れ畳を示した。

「松つぁん。いま〝赤坂の人〟って言っていたが、鋳掛《いかけ》のお得意さんかい？」

「いや。お得意なのは竹のほうだ」

「あゝ。あの人も俺の羅宇竹《ろうだけ》を贔屓《ひいき》にしてくれてよ。竹笹《たけざさ》の彫《ほり》を気に入ってくれる人ってよ、どういうわけか善人ばかりだぜ」

　武家地での出職に稼ぎがよかったのか、二人とも機嫌よさそうに、腰高障子を開けたまま腰をすり切れ畳に下ろした。聞けば、三月《みつき》ほどまえに赤坂御門前の町場をながしたとき声がかかり、羅宇竹を新調してくれて竹五郎の笹竹の素朴な彫を気に入ってくれたらしい。

「名は聞いていなかったが、俺たちより若《わけ》えのに気風《きっぷ》のいい人でよ」

「そうそう。あそこの煮売酒屋《にうりさかや》なら、俺もときどき鍋を打たせてもらってるぜ」

「煮売酒屋？」

「あゝ。のんびりした煮売酒屋よ」

「そこの爺さんも、俺の羅宇竹を気に入ってくれていてさ」

　二人の話はつづいた。老夫婦二人が道楽でやっている煮売酒屋らしい。酒屋だがちょいとその場でも呑めるようにと縁台を用意し、簡単な煮込みの肴《さかな》も出している店である。小さな店だが、土地では知られた財産持ちで、店の裏手に貸家の家作を二軒も持っており、そこに半年ほど前に父娘の親子が入り、若い男が数人いつも出入りしているらしい。その男の一人が、さっき出会った笹竹の彫を気に入ってくれた〝気風のいい善人〟だという。

杢之助の脳裡に走った。その父娘がどうやら、軽業の重次郎と千鳥のお島らしい。

「煮売りの婆さんさ、鍋を打たせてくれるたびに茶碗酒をふるまってくれてよ」

「そう。その婆さんに言われて爺さんの煙管を手入れさせてもらったのだが、そのとき裏の貸家に新しく入った人らも煙草をやりなさると聞いて、さっそく訪ねて縁側に商売道具を広げさせてもらってよ」

「それで、さっきの気風のいい若い衆が竹笹を気に入ってくれたってわけか」

「あゝ、そういうことにならあ。で、杢さん、あの若い衆と知り合いだったのかい」

「いや。内藤新宿に行った帰りで、ここへ赤坂への近道を聞きに来たのさ。なんでも以前は東海道を行ったり来たりする仕事で、それでつい話し込んでいったのさ」

「ほっ、そりゃあ杢さんと合うはずだ。飛脚だったんだもんなあ。で、あの若い人、街道を行ったり来たりって、なにを商ってたんだい」

松次郎が言ったのへ、

「おっ、松つぁん。外、日が落ちそうだぜ」

「あっ、ほんとだ。早く行かねえと仕舞《しま》い湯になっちまう」

開け放したままだった腰高障子の外へ目をやった竹五郎につづき、松次郎もすり切れ畳から腰を上げた。

「おう、行ってきねえ」

杢之助は、敢えてその煮売酒屋の屋号も場所も訊かなかった。だが、もう分かったも同然である。心ノ臓があらためて激しく打つ。そこを最も知りたがっているのは源造だ。だがその前に、やらなければならないことがある。

夜が更けた。木戸番小屋には、榊原真吾と清次が顔をそろえていた。さっき、腰高障子に顔だけ入れたおミネの下駄の音が、長屋のほうへ遠ざかったばかりだ。

真吾と清次は、戻しの米助がたまたま長善寺の通りへ入った因縁に、

「なんと、商いもおなじ扇子屋！」

「おウメさんが掏摸に簪を、それを米助が……」

背筋が寒くなるほど驚いた。しかしそのあと、灯芯一本の灯りのなかに、男三人の緊張とはいえない、やるせない吐息がながれた。

李之助の話が進むなかに、

「知ってますよ、その老夫婦の煮売酒屋なら。なんでも儲けなど二の次の商いで、店が小さいから町内の同業から文句は出ないとか」

「それならよく知っている。屋号は老夫婦にぴったりの福老寿屋《ふくろうじゅや》だよ。よく酒を買いに行った、俺もお馴染みさんの一人だったよ。確かに一合買えば一合半、二合買えば三合も徳利に入れてくれていた」

清次には他所の町でも同業であり、真吾は麦ヤ横丁に手習い処を開く前、赤坂の長屋に住まいし、そこから一日置きに内藤新宿での用心棒稼業に通っていたのだ。

「間口の小さな店だったが、ふむ、確かに裏手に家作を持っていた。左団扇《ひだりうちわ》で暮らせるのに、どうしてそんな商いなどつづけているのかねと訊いたことがある」

「なんと応《こた》えました？」

「動いていないと老けるばかりだから、と。気のいい爺さんと婆さんだった。懐かしい。なんでも生まれも育ちも赤坂で、何十年も前からそこで酒屋をやっていると聞いたことがある。息子や娘が奉公に出たり縁付いたりしてからも、店をたたまず道楽でやっているのだとも……」

清次と真吾の話から、福老寿屋は〝掏摸〟とは無関係で、単に家作を貸しているに過ぎないことが分かる。三人は淡い灯りのなかに、安堵の頷きを交わし合った。

問題は、戻しの米助を、どう六尺棒の打ち込みから逃がすかである。二十年前、米助の父親が旅の空で難に合わなければ、

「掏摸などに……」

当然、三人は思う。その原因をつくったのが桔梗屋伊兵衛と、すでに成敗した弥三郎なのだ。その米助がお縄になり、伊兵衛は日々安泰……。

「理不尽だ。しかし、おコマにはなんの罪もない。すべてをおもてにするのは、それもまた理不尽を産むことになる」

言ったのは真吾だが、杢之助も清次も……というより、その念に最も悩んでいるのは杢之助であろう。

「よしっ、綱渡りだ」

真吾が言った。

「いかように」

「二兎《にと》は追えぬ」

杢之助が身を乗り出し、清次も双眸《め》を向けたのへ、真吾は再度、短く言った。木戸番小屋では、それへの対処が話し合われた。

五

翌日である。

杢之助はおもての縁台に腰を下ろし、おミネの淹《い》れた茶をすすっていた。以前なら向かいの麦ヤ横丁へ、手習い道具をヒラヒラさせ駈け込む太一の姿に目を細め、おミネが大きな声で荷馬や大八車への注意を叫んでいる時刻だ。

「ん？」

腰を浮かしかけた。麦ヤ横丁から桔梗屋のおウメが出てきたのだ。

（まだおコマのつき添い？）

のはずはない。おウメは向かい側の軒端《のきば》に杢之助がいるのにも気づかず、なかば駈け足になっている。きのう長善寺の通りを呆《ほう》けたように歩いていたのとは対照的だ。呼びとめるにはもう離れすぎている。

さらに顔見知りのおかみさんが、おなじ麦ヤ横丁の通りから走り出てきた。手習い処の近くのおかみさんだ。おウメを追っていたのではなかった。向かいの軒端《のきば》で縁台に腰かけている杢之助を見つけると、

「杢さーん。あららら」

手を振り、走ってきた大八車を器用に避け、

「手習い処のお師匠さんが、すぐ来てくれって」

「えっ」

杢之助は立ち上がり、おかみさんを迎えた。おミネが暖簾《のれん》から顔を出し、走り込んできた麦ヤ横丁のおかみさんに、

「榊原さまが？　なんなんですか？」

「それが分からないのよ。ただ、杢さんを」

「そうかい。じゃあ、ちょっと行ってみるよ」

おかみさんはそれだけを頼まれたようだ。杢之助はさきほどのおウメのようすから胸騒ぎを覚え、街道を足早に横切った。人や大八車などの行き交う街道では、下駄に音のないのは目立たない。

話は短かった。杢之助が麦ヤ横丁から出てきたとき、おミネから聞いたか清次が縁台に座って待っていた。街道に出てきた杢之助を認めると、

「木戸番さん」

腰を上げた。杢之助は、

（番小屋のほうへ）

木戸へ顎をしゃくった。外では話せない内容のようだ。

小屋の中は、まだ荒物をならべていない。

腰高障子を開けたまま、杢之助と清次はすり切れ畳にならんで腰を下ろした。

「桔梗屋がきょう、塩町を出るそうだ」

「えっ、どこへ」

「武州の川越らしい。なんでもそこに寄《よ》る辺《べ》があるらしく、ひとまずそこへ……ということのようだ。それで、短いあいだでしたがと挨拶に。きのうおウメさんが呆けたようになっていたのも、その準備に忙殺されていたからだろう。簪を取り戻してくれたのが、亭主の伊兵衛と弥三郎のために人生を狂わされた若者であることに、気づいてはいまいがなあ」

「しかし、これで少しは気分的に、スッキリしやすねえ。榊原の旦那がおっしゃった〝綱渡り〟も、いくらかは心置きなくやれるのでは」

「そういうことだ。榊原さまはこのことを早く儂らに知らせようと、手習いの始まる時刻なもので至急お呼びなすったのさ。きょう、綱渡りを仕掛けよう、と」

「へい」

清次は頷いた。木戸番小屋で油を売っていた風情の清次がおもての店に戻ってからすぐ、志乃が塩町へ桔梗屋のようすを見に行った。

「帰ってきたら、まず木戸番小屋に話せ」

清次は志乃に言っていた。

前掛姿のまま、さりげなく桔梗屋の前を通るだけだから時間はかからない。すぐに戻ってきて、木戸番小屋の腰高障子を開けた。

「おう、志乃さん。どうでしたかい」

顔を見るなり問う杢之助に志乃は怪訝な表情をつくり、

「なんなんでしょうねえ。店は雨戸が半分閉まって、中はなにやら慌しい動きで。それに、あれはきっとおコマちゃんでしょう。手習いに行っているはずなのに、すごく駄々をこねているような泣き声がして」

「ふむ。やはりねえ」

「えっ、やはりって。桔梗屋さん、鮫ガ橋のこととなにか？」

志乃は怪訝な表情をさらに深めた。杢之助には分かった。おコマはきょう不意に、手習いへ行くのをとめられ、せっかくできた友達にもう会えなくなることを告げられたのであろう。まだ五歳である。突然の変化に、得体の知れない恐ろしさを感じたのかもしれない。戻しの米助に突然環境の変化が訪れたのも、五歳ほどのときだったのだ。

「いや。まあ、ちょっと気になることがあってな」

志乃は杢之助の表情を読んだか、

「あら、あたし。仕事の途中だった」

志乃が閉めていった腰高障子を見つめ、杢之助は安堵を覚えた。清次は志乃に、伊兵衛の因縁の件は話していなかった。同時に、

「よしっ」

声に出し立ち上がった。桔梗屋伊兵衛が、この界隈からいなくなる。清次の言ったとおり〝少しは気分的にスッキリ〟する。それはまさしく、真吾の言った〝綱渡り〟が〝心置きなく〟できることを意味していた。心に割り切れないものが、目の前から消えるのだ。

下駄をつっかけ、外に出た。

木戸番小屋の留守番を長屋の大工と左官の女房に頼み、清次にも声をかけ、街道に歩を踏んだ。清次は昼の仕込みにかかったばかりで、板場の中で大きく頷いていた。

杢之助の音のない下駄は、塩町を過ぎ四ツ谷大木戸のほうに向かった。訪ねる先は

久左だ。

きのう、米助が腕を取った素人のような女掏摸が、相方の男と一緒に大木戸のほうへ足早に去ったのを、杢之助は確認している。弥三郎とおなじように、内藤新宿に塒《ねぐら》を置き、大木戸のこちらへ出稼ぎをかけていることが容易に予測できるのだ。

相談の内容は、

『府内でまた見かけたなら、弥三郎のときのように迷惑はかけねえ。こっちで捕まえさせてくれねえか』

了解を取ることであった。お上の向こうを張る勢力の者には、なおさら持ちつ持たれつの関係で、波風の起たぬようにしておくことが大事なのだ。それがいったん崩れれば、対立まではしなくとも向後の合力は望めなくなる。

杢之助が戻ってきたのは、午《ひる》すこし前だった。ちょうどおミネが縁台に座ったお客に、お茶を出したところだった。そろそろ時分どきであり、荷馬や人足には縁台に座って弁当を開き、お茶だけを注文するお客もけっこう多いのだ。

「あらら、杢さん。どこへ行ってたの。さっき塩町の桔梗屋さん、大八車を牽《ひ》いてこの前を。おコマちゃんまで大八に乗せて、引越しだって。いったい最近の鮫ガ橋や塩町ってどうなっているの」

木戸の前で、足をとめた杢之助と立ち話になった。

「桔梗屋さん、ここに車をとめ、伊兵衛旦那が番小屋をのぞいたみたいで。杢さんいないからこっちに来て、町を出るからって、それだけ。そのあいだにおコマちゃんが荷台から飛び下り、麦ヤ横丁に走り込もうとしたのをおウメさんがつかまえ、引き戻していた」

「泣いていたかなあ」

「そんな顔だった。あっ、いま、店、立て込んでるんだ」

きびすを返し、うしろで束ねた洗い髪をフワリとなびかせた。

会えなかったのは、伊兵衛にとっても杢之助にとっても、さいわいだったかもしれない。双方とも、会っても言葉はないだろう。

板橋宿から川越まで延びる川越街道は、旅支度で朝早く発てば夕刻には着く旅程である。だが、大八車を牽きおコマも乗せていたなら、途中の宿場で一泊し、着くのはあしたの午過《ひるす》ぎか夕刻近くになろうか。

(そうしなせえ、伊兵衛さんよ。誰も知らないところで誰にも話さず、生きなされ)

甲州街道のながれに視線をながし、杢之助は念じた。同時に、

(だがよ、伊兵衛さん。あんた、一生その因果から……)

抜けられないことが、李之助には分かっている。

木戸番小屋に戻った。

すり切れ畳に上がり、胡坐《あぐら》を組んだ。よいしょのかけ声は出なかった。代わりに、

「さあて」

時の過ぎるのを待つような言葉が出た。まだ間がある。その脳裡には、真吾が言った〝綱渡り〟の策が第一幕、第二幕と浮かんでいた。

午を過ぎたころだった。清次の居酒屋も通りの中ほどの一膳飯屋も、まだ書き入れ時がつづいている。

「えー、左門町の木戸番さんへ」

腰高障子に立った影と声に、

(さすが、早い反応)

李之助は頷き、

「入んねえ」

「へい。ごめんなすって」

障子戸に音を立て、入ってきたのは久左一家の与市《よいち》だった。

「へい。ここで失礼いたしやす」

杢之助が荒物を押しのけようとするのへ止める仕草をし、三和土に立ったまま、

「朝方おっしゃった男と女の二人組、確かにおりやした」

話しはじめた。

「ですが、端《はな》から二人組じゃありやせん。男は無宿のながれ者で、女は旅の音曲《おんぎょく》稼ぎの鳥追《とりお》いで、宿《しゅく》の木賃宿でたまたま一緒になり、連れ立って大木戸のこちら側へ入るようになったようです。それが、掏摸の真似ごとなどとは知りやせんでした。宿でやったのなら半殺しにして所払いにいたしやすが、大木戸のこちら側でやる分には、ご存分にと久左《うち》の親分も申しておりやした」

「それはありがたい。捕まえるのは儂じゃなく源造さんだが、当人にそう伝えておきますよ」

「へい。よろしゅうお願い致しやす。やつらの動きが目に入れば、またお知らせしまさあ。源造さんが押さえなすったら、こちらにもご一報を願いやす。木賃宿も、泊まり客が出かけたまま戻らねえじゃ心配しやしょうから」

用件だけ話すと与市は、

「ではこれで」

腰を折るとさっさと敷居の外に出て腰高障子を閉めた。鮮やかなほど無駄がない。

（久左さん、いい配下を持っていなさる）

与市の閉めた障子戸に目をやり、思ったものである。これで桔梗屋伊兵衛が視界から消えたことも合わせ、〝綱渡り〟をするのに気がずいぶん楽になった。

市ケ谷八幡から昼八ツ（およそ午後二時）の鐘が聞こえてくるのが待たれる。真吾が手習いから開放され、清次も書き入れ時を終え、店の外で油を売っていてもおかしくない時間帯となる。木戸番小屋の留守は、長屋のおかみさんたちに頼んであり、おミネもときどきのぞきに来るだろう。

鳴った。

「うむ」

杢之助は腰を上げた。

六

折り目のない袴に、大小を腰に差している。麦ヤ横丁から街道へゆっくりと出てきた。榊原真吾だ。

「おや、お師匠さま。めずらしく刀など、遠くにでもお出かけかね」

「ふむ。ちょいと」

ちょうど街道から麦ヤ横丁の通りへ入った町内の隠居が声をかけてきたのへ、杢之助は軽い挨拶の言葉を返した。街道を横切り、

「行こうか」

軒端の縁台に腰かけていた杢之助に、小さく言った。

「へえ」

杢之助はすでに腰を上げていた。白足袋に下駄をはき、股引に着物を尻端折にして拍子木を首から提げ、どこから誰が見ても木戸の番太郎に見える。

二人は街道を四ツ谷御門の方向に進んだ。その背を、清次が暖簾のすき間から見つめ、頷いていた。

街道に歩を取ったが、外濠の往還までは進まず、忍原横丁の通りへ曲がったのは、そこが赤坂への近道だからだ。闇坂《くらやみざか》を下り鮫ガ橋の町場を抜け武家地を経て外濠の往還に出れば、赤坂御門前の町場はすぐ目の前となる。

急な闇坂を下るとき、

「やはり暗いなあ。闇坂とはよくいったものだ」

「その暗さが、あのときは役に立ちました」

闇のなかに声を低く交しあった。弥三郎を葬ったときの話だ。急な坂を下るにも、杢之助の下駄の音より真吾の草履《ぞうり》の音のほうが大きく聞こえる。杢之助は一緒に歩いているのが真吾であれば、それはすでに通常のこととして気にせずにすむ。闇のなかに、草履の音と二人の声だけが聞こえる。

「あはは。役に立ったのではなく、立てたのではありませんでしたかな」

「へえ、まあ、そういうことで。おっとっと」

話しているうちに、勾配のゆるやかになった樹林の道に出た。太陽はまだ西の空に高い。

「杢之助どの」

「へえ」

「きょうは明るいなかでの仕掛けで、それに間合いが大事です。向こうとのつなぎ、うまく取れていましょうな」

「はい。清次旦那がうまく測ってくれるはずです」

「うむ」

いくぶん心配そうに、真吾は頷いた。

「――米助どんに、お上の手がまわっていることを匂わしておきました。ここしばらく、軽業重次郎の一味は警戒し、外には出ないはずです」

木戸番小屋で策を練ったとき、杢之助は言った。〝綱渡り〟の策は、戻しの米助も千鳥のお島も含め、一味全員がそろっているとの予測を基《もと》に成り立っているのだ。

二人の足は、鮫ガ橋の町場を経て武家地に入っていた。

清次は、

「ちょいと出かけてくる。夕の仕込み時分には戻ってくるから」

志乃とおミネに告げ、街道に歩を拾った。前掛と片側たすきはつけたままで、いかにも板場からちょいと出てきたといった風情だ。途中まで杢之助と真吾のあとにつづくようであったが、忍原横丁の枝道には入らず、そのまま四ツ谷御門のほうに向かった。しだいに急ぎ足になる。杢之助と真吾はすでに赤坂の町場に入ったころであろうか、清次の足は四ツ谷御門前の御簞笥町《おたんすちょう》への脇道を踏んでいた。

「えー、ごめんなすって」

いかにも急いで来たかのような口調で訪《おとな》いを入れたのは、源造の女房が開いている小さな小間物屋の店先だった。

「まあ、珍しい。左門町の清次さんじゃありませんか」

「はい。火急に源造親分へ」

小間物屋の家作は大きくない。店先での声は奥の居間にも聞こえていたか、

「なに、火急？」

店場に出てきた源造は、

「おっ、左門町の清次旦那！　いったいなんですかい」

「左門町《うち》の木戸番から」

「えっ、バンモクから？」

源造は店場の板敷きから三和土に下りた。清次は話した。

「戻しの米助とやらを街道で見つけ、赤坂のほうに向かったのをいま尾《つ》けており、手習い処の榊原の旦那が助っ人についております。このことを源造さんに知らせてくれと」

「そ、そうかい。お、俺も行きやすぜ。場所は！　おい、義助と利吉をすぐ呼んでこい」

「あい、おまえさん」

さすが岡っ引の女房だ。すぐさま玄関を飛び出した。

「源造さん、まだつづきが」

「へい。なんでやしょう」

「木戸番が言うには、赤坂の町場の福老寿屋という小さな煮売酒屋をつなぎの場にしたい、と。榊原の旦那がよく知っていなさる店だとかで。しかもそこから数日前、どうも近くに胡乱《うろん》な一味がいると相談を受けなさったそうで。木戸番も、どうもそやつらが軽業重次郎とかいう一味のようだ、と」

「おぉ、おうおう、さようですかい。で、そこへは？」

源造は帯をきつく締めなおし着物の裾《すそ》を尻端折にしながら問い、清次は福老寿屋の場所を話し、

「それじゃ源造さん。わたしは店がありますのでこれで」

「おぉう、清次旦那。恩に着やすぜ。えぇい、あいつら、遅いぞ」

外に出たが源造は清次を見送るよりも足踏みをしながら、街道とは逆の麴町《こうじまち》十一丁目のほうに背伸びをした。

清次は街道に出た。

（これでよし。あとは杢之助さんと榊原の旦那が、うまく綱を渡ってくれれば）

ゆっくりと来た道を返した。だが、清次の役目はこれで終わったわけではない。居酒屋に戻り、赤坂での首尾を待たねばならない。それを清次に知らせるのは、杢之助

でも真吾でもない。

杢之助と真吾は、福老寿屋の暖簾をくぐった。

突然の榊原真吾の訪《おとな》いに、

「これは榊原さま！　お懐かしゅうございます」

老夫婦はよろこんだ。だが、懐かしさに浸ったのはつかの間だった。真吾から、貸家に入っているのが掏摸の一味と聞かされるなり、

「えぇえ！」

「ほ、ほんとうでございますか！」

二人とも腰を抜かさんばかりに驚き、

「だから四ツ谷の木戸番人の儂が、岡っ引とのつなぎで一緒についてきたのですよ」

杢之助が言った〝岡っ引〟の言葉に震えはじめた。どうやら赤坂を縄張にしている伊市郎は、けっこうあくどい岡っ引のようだ。杢之助はさらにつづけた。

「なあに、榊原さまはあんたがたに累《るい》が及ばねえようにするため、きょうここへ来なさったのですよ」

「ど、どのようにすれば」

爺さんが婆さんと抱き合うようにして訊いた。そうした罪もない堅気の老夫婦の姿は、

（気の毒）

でもあり、哀れでもあった。実際にそうなのだ。源造かこの町の伊市郎がさきに軽業重次郎一味の所在をつかんだなら、老夫婦もともにお白洲に引き出されることになるだろう。

「もうすぐ四ツ谷の岡っ引がここへ駈けつけまさあ。それまで儂らが掏摸一味の棲家を見張るのに合力してくれりゃあ、うまく取り成しをさせてもらいまさあ」

「そういうことだ。俺が福老寿屋から相談を受け、それで出張ってきたと岡っ引に話そうではないか。するとおまえたち老夫婦は、罪どころか逆に奉行所から褒められることになるぞ」

「お、お願いします、榊原さま。それに四ツ谷の木戸番さん」

「そう、そう、そう願いまするう」

爺さんが言ったのへ婆さんはつづけ、二人とも土間に座り込んでしまった。

「さあ、立って案内を」

真吾は二人の肩に手をかけた。

この煮売酒屋の横に奥へ入る路地があり、そこに貸家にした家作が二軒あり、住人

はその路地を外への通路にしているという。

「へえ、きょうはここからあの掏摸、掏摸一味の人ら、出てはおりません。きっとみんな、そろっているはずです」

爺さんは言った。

「裏手に出入りのできるところは？」

「ありますじゃが、路地というよりすき間みたいなもんで、貸家にお住まいの人ら、ほとんどそこは使っておりません」

杢之助の問いに爺さんは応える。杢之助と真吾の脳裡には、徐々に〝綱渡り〟の策の舞台が、具体的に組み立てられていった。

婆さんは煮売酒屋の暖簾の中で、一人震えている。源造が来たときのつなぎ役である。

路地に入った杢之助と真吾は、

「ふうむ、あそこですか」

「あの裏手のすき間、俺も知っているぞ」

爺さんの案内で、物陰から重次郎一味の入っている家作の玄関を見つめている。

「きっと、きっとですよ。闘っ引に、うまく取り成しを」

二人の背後で、爺さんが震え声を出した。住人は軽業重次郎に娘の千鳥のお島、それに戻しの米助のほかにまだ若い男が三人ほどいるという。確かに、家作の中には人のいる気配がする。

「しっ」

真吾は振り返って叱声を吐き、

「よいか、杢之助どの。背後が騒がしくなれば打ち込みますぞ」

「へい」

二人は身構えた。

路地は日陰になっているが、家作の玄関口には西日が射している。

七

長く感じられる。

背後に人の動く気配を感じた。

「爺さん、爺さん！　岡っ引がアッ」

突然だった。ふり絞ったような皺枯《しわが》れた声だ。婆さんがヨタヨタと路地へ走り込んできた。

「おい、声を出すな！」

その背後に、婆さんを叱責する源造のだみ声が聞こえた。

「いまだっ」

「へいっ」

真吾と杢之助は玄関口に突進し、格子戸を蹴破って飛び込んだ。

「な、なんだ！」

「手入れか!?　まさかっ」

屋内に激しい動揺が走り、

「うわっ。誰でえ！」

玄関の廊下に素手のまま走り出てきた着流しの若い衆が一人、踏み込んだ真吾の抜き打ちを受け、

「うぐっ」

その場に崩れ落ちた。血潮が飛ばない。峰打ちだ。さらに一人、

「どうしたぁっ」

出てきた。右手に匕首《あいくち》を握っている。

「榊原さまっ」

「よしっ」

杢之助の声に真吾は抜き身の刀を返し、

「たぁーっ」

白刃を下からすくい上げるように一閃させた。

――カキッ
匕首の柄に音が立った。

同時に、

「ううっ」

――カシャン
若い衆の呻《うめ》きに匕首の廊下に落ちる音が重なり、撥《は》ね返された右手から血潮を噴きながらその者は肩を壁に打ちつけた。米助だ。

さらに身構えた真吾の目の前に、奥から裾《すそ》を乱し飛び出した若い女が、

「米助さんっ」

「お、お島さんっ、逃げなせえっ」

しがみつき真吾に背を向けたお島を米助は突き放そうとする。

「榊原さまっ。二人ともっ」

「おぉうっ」

李之助の声に真吾はまたも白刃を返し打ち下ろした。

――グキッ
骨を打った音に、

「あぁぁぁぁ」

お島の悲鳴だ。

真吾は廊下をさらに奥へ踏み込んだ。襖を蹴破る音に、

「な、なんなんだ！」

「うわっ」

男たちの叫びに、かなり年配の声だ。軽業重次郎であろう。

「お島！　米助！　逃げるんだあっ」

その者は叫んだ。

背後の廊下では、

「おめえさんがお島さんかいっ」

李之助が言ったのへ若い女は驚いたように頷き、

「あっ、あんたは！」

米助が驚愕の声を上げた。右手の指を左手で包み込むように握り締めている。血はそこからしたたっている。

「そう。左門町の木戸番だ。わけはあとでっ。さあ、逃げなせえ」

家作の間取りは福老寿屋の爺さんから聞いている。裏手へ二人をいざなった。当初の〝策〟とは異なっている。木戸番小屋で話し合ったのは、

「――手負いにして逃がすのは」

米助一人だった。だが、若い女が米助をかばうように真吾の白刃の前に飛び出してきた。

杢之助が叫び真吾が応じたとき、

(逃がすのは二人)

瞬時に変更された。

「えぇいっ」

「ううっ」

部屋のほうから器物の壊れる音に男たちの呻きが重なる。不意打ちで、しかも打ち込んだのが榊原真吾であっては、男たちが数人いてもかえって乱れるばかりで、たとえ刀に手をかけようが敵にはならない。

「さあ、こっちへ。早く！」

杢之助は爺さんが言っていた狭い路地にお島と米助を押し込んだ。出れば家作の裏手で人通りはなく、背後の路地奥の騒ぎも伝わってこない。

「わけはあとだ。言うとおりにしてくだせえ」

杢之助は二人を路地の近くに待たせ、おもての通りへ走った。米助とお島にはわけが分からない。ただ、杢之助が素手であったのが、二人に安心感を与えていた。

「あぁ、血が」

米助の右手の人差し指と中指が、ほんの爪の部分だが斬り飛ばされていた。匕首を握っていた手だ。お島は長襦袢《ながじゅばん》の袖を引きちぎり、

「あぁぁ」

低く声を上げた。お島の右腕の骨が、砕かれてはいないが痛い。ヒビが入っているようだ。それでもお島は、

「うううっ」

歯を喰いしばり、米助の右手を幾重にもきつく巻いて結んだ。

「お、お島っ」

結び終わり、

「もう、だめ。お父つぁんの声だった。あんたと逃げろ！　と」

　お島が言ったとき、

「さあ、拾ってきやしたぜ。乗りなせえ」

　杢之助がおもての通りから駈け戻ってきた。町駕籠《まちかご》を二丁、連れている。

「早く！　行く先は人足に言っておりやす。さあ」

　二人とも手負いである。わけも分からねば抗することもできない。杢之助に背を押されるまま、駕籠の中の人になる以外なかった。

「木戸番さんっ」

「おっと。これから揺れて疵《きず》に応えやしょうが、堪《こら》えなせえ。さ、お島さんも痛みやしょうが」

　駕籠の垂《たれ》が降ろされた。

「おっと、駕籠屋さん。これを」

　杢之助は米助を押し込んだ駕籠の担ぎ棒の先に手拭を結びつけた。

「ははは。向こうでの目印でね。さあ」

「へいっ」

「あらよっ」

駕籠尻が地を離れ、

「へいっほ」

「ほうっほ」

二挺の駕籠は走り出した。

源造が玄関から屋内に飛び込んだとき、

「な、なんですかい！　これは!!」

叫んだ。

榊原真吾が抜き身を鞘《さや》に収めたところだった。

年配の男が一人、若い衆が三人、破られた襖を下に、あるいは柱にもたれ込むように崩れ落ちて呻き声を上げ、または悶絶していた。一見して、死者はいない。米助をのぞき、お島も含めすべて峰打ちだった。

「旦那ア！」

源造の真吾に向けた目は、詰問するようであった。無理もない。源造にすれば、杢之助と手習い処の師匠が掏摸一味の棲家を見張り、それを確認すると義助か利吉を奉行所に走らせ、同心と捕方の到着を待って打ち込み、かねて奉行所が手配中だった軽業重次郎一味を一網打尽にする算段だったのだ。岡っ引として、この上ない手柄となる。だから源造は、武器になる物はなにも持たず、屋内に飛び込んだときも素手だった。義助と利吉も素手で、騒ぎは収まっているものの恐がって、玄関の外で福老寿屋の爺さん婆さんと一緒に立ちすくんでいた。これも無理はない。白刃や怒号の聞こえる捕物など、初めてのことなのだ。

屋内では、

「おう、源造さん。来てくれたか。さっき見張りに気づかれてなあ。やむなく打ち込んだのだ」

「気づかれた？　あ、そういやあ家主の婆さん、歳に似ず大きな声を出しやがったからなあ」

杢之助が裏手の路地から戻ってきたのはこのときだった。

「おっ、バンモク。おめえ、どこで震えてやがった」

「あゝ、源造さん。突然のことで榊原さまのあとについて踏み込むと、若いのが二人裏手へ逃げるのが見えてよ」

「で、捕まえたかい」

「いや。逃げ足が早くって」

「あははは。そりゃあそうだろう。年経《としふ》った番太郎と若い掏摸じゃなあ。で、逃げたのはどんなやつだったい」

「すばしっこい男と女だった」

「男と女？　おめえ、ひょっとしたらそいつら、戻しの米助と千鳥のお島じゃねえのかえ」

「たぶん」

「たぶんて、そいつら一味のなかでも名うての腕っこきじゃねえか」

「すまねえ」

「いまから手配したって始まらねえ。手が足りねえや」

動いていた源造の太い眉毛がとまった。

「ううう」

崩れ落ちていた若い衆の一人が呻き声を上げ、身を起こしかけた。

「なんでえ、この掏摸野郎！」

源造はそやつの脾腹《ひばら》を雪駄の足で思い切り蹴り上げた。

「うぐっ」

男はまた悶絶した。

「義助、利吉！」

「へ、へい」

玄関口から義助と利吉がこわごわと入ってきて、屋内の光景に、

「うわっ」

目を丸くした。

「なにを某《ぼう》っとしてやがる。早く北町奉行所に走らんかい。四ツ谷の源造が、軽業重次郎の一味をつかまえたと言うんだぞ」

「へいっ、親分」

「がってんで」

二人は急に勢いづき、おもてに走り出た。このとき杢之助は、〝綱渡り〟のうまくいったことを確信した。真吾と視線を合わせ、かすかに頷きあった。だが、これで幕引きとなったわけではない。


赤坂の町場を出た二挺の駕籠舁《か》き人足は、外濠沿いの往還から鮫ガ橋の町場に入り闇坂を上り切ると、

「お客さん、申しわけねえ。ちょいと息を継がせてくだせえ」

駕籠尻を地につけ、竹筒の水を飲んだ。米助は指の先が駕籠の揺れに合わせ、ズキズキと痛み、お島の腕も赤く腫れ上がりはじめている。暫時《ざんじ》の静止に、自分たちのほうが一息つくことができた。急《せ》かそうにも、駕籠がどこへ向かっているか分からないのだ。ただ米助には、闇坂《くらやみざか》を上ったことから、

(左門町の木戸番小屋？)

予測は立てられた。

「へいっ、まいりやす」

駕籠舁き人足は息が元に戻るのが早い。駕籠尻が浮き、ふたたび走りはじめた。

中では揺られながら米助もお島も懸命に痛さを堪《こら》えている。お島の縛り方がよかったのか、米助の指から血がしたたり駕籠を汚すことはなかった。

「ううう」

かけ声は忍原横丁の通りを経て街道に出た。

清次が軒端の縁台に出ていた。そろそろ夕の仕込みに入ろうかという時分である。見えた。駕籠の担ぎ棒の先端に、手拭がヒラヒラと舞っている。

(来たな)

清次は立ち上がり、

「ん?」

首をかしげた。駕籠は〝一挺〟のはずだ。が、二挺、ならんで走っている。

(なにか変事があったか……ともかく)

隣の古着屋栄屋の暖簾に顔を入れ、

「藤兵衛旦那。来ましたよ、二挺」

「えっ、二挺?」

帳場に座っていた藤兵衛も怪訝そうな声を出して立ち上がり、店先に出てきた。

「ともかく二挺、迎えましょう」

「分かりました」

清次が言ったのへ藤兵衛は応じ、

「ここです、ここです」

駕籠に手を上げた。

駕籠舁き人足のかけ声がやみ、

「へいっ、着きやした。左門町の栄屋さんでございますね」

人足は清次に確かめ、駕籠の垂を上げた。一人は女だ。

(千鳥のお島)

清次はとっさに解した。同時に、

（そうだったのか。杢之助さん、味なことを）

駕籠は杢之助に言われていたか、栄屋の店先へ入り込むように着けられていた。駕籠から店へ入るのに誰にも顔を見られないが、駕籠は街道を……これも〝策〟の一環だった。街道には他の町駕籠に大八車、荷馬が通り、往来人も多い。人通りの少ない脇道や路地に駕籠を停めれば、往来人が一人、二人でも珍しがられ注意を引く。駕籠の往来が当然の街道のほうが、むしろ目立たない。

栄屋の手代が駕籠二挺に酒手をはずみ、帰した。

米助とお島は栄屋の奥に通された。

「えっ。負傷者は若い男が一人ではなかったので？」

と、すでに医者が来て待っていた。

「はい。ちょいと手違いがございまして」

清次が言い、藤兵衛も頷きを見せた。清次はこのあとすぐ居酒屋に戻り、なにごともなかったように夕の仕込みに取りかかった。

ふたたび別の駕籠二挺が栄屋の軒端に着けられたのは、日がそろそろ沈もうかといった時分だった。

「あとは静かに養生するだけじゃ」

医者は言った。二人とも、さらしで右手を首から吊っていた。

駕籠は内藤新宿を抜け、甲州街道二つ目の宿駅である下高井戸宿《しもたかいどしゅく》に向かった。内藤新宿から二里二丁（およそ八粁《キロ》）の旅程だ。着くのは、暗くなってからになろうか。昼間、藤兵衛が清次に頼まれ、みずから出かけて旅籠を手配していたのだ。人数が一人から二人に増えていたが、

「なあに、四ツ谷の栄屋からと言えば、なんら支障はありませんから」

米助もお島も、痛さよりも恐縮の極みに陥《おちい》り、

「い、いったい、あなたがたはなぜ!?」

なにも持たずに出てきた身に、当面の生活《たつき》の費用まで持たされたのでは、喰い下がってでも訊かざるを得ない。

「あはは。あしたの早い内に、左門町《うち》の木戸番が下高井戸にうかがいましょうよ。そこで訊きなさされ」

うまくかわされてしまった。

内藤新宿の町並みを抜ければ、街道は林や田畑の中となる。起伏はあるが、いずれも鮫ガ橋の闇坂ほどではない。

八

栄屋藤兵衛が言ったように、杢之助が下高井戸宿に向かったのは、左門町の木戸を開け、長屋の朝の喧騒がまだつづいているときだった。

きのう現場を源造に任せ、真吾と左門町に戻ってきたのは、そろそろ太陽の沈むころになっていた。奉行所から役人は出張ってくるだろうが、軽業重次郎たちの身柄をその日のうちに茅場町《かやばちょう》の大番屋に護送せず、一晩赤坂の自身番が預かるとなれば、

「――赤坂のお人らには、気の毒ですねえ」

「――それも仕方なかろう」

話しながら帰った。

待っていた栄屋藤兵衛と清次は、

「――あの女、体を張って米助を護《まも》ろうと……。並の間柄じゃ、できねえことです」

杢之助が話したのへ、得心したように頷いていた。

杢之助が下高井戸へ発つのを、清次は木戸の前で見送った。

「千鳥のお島と戻しの米助ですぜ。大丈夫ですかい」

清次は不安を口にした。二人は絶妙の組み合わせで、

「――お島が酔ったような千鳥足でふところの暖《あった》かそうな旦那にぶつかり、掏ったのをサッと米助に渡し、素早く中のお宝をかすめ、もとのふところに戻すって寸法だ」

源造は、二つ名の由来を説明するように言っていた。

「大丈夫かどうか、それをこれから見に行くのじゃないか」

杢之助は応えた。背は四ツ谷大木戸のあたりで出たばかりの太陽に照らされた。内藤新宿の町並みには、すでに荷馬や大八車が動いている。

遠出とあっては下駄ではない。草鞋の紐をきつく結び、速足になればつい飛脚のころを思い出し、走りたくなる。小走りになった。昨夜江戸を間近に下高井戸宿で日暮れ、やむなく宿《やど》をとり、きょう朝のうちに江戸府内へ入ろうという旅人か、ときおりすれ違う。

「お早いことで」

「はい。そちらさんも」

声をかけ合う者もいる。野には田植えにそなえ、百姓衆が土の鋤返《すきかえ》しに出ているのが見える。

下高井戸宿に入ったのは、陽のすっかり昇った時分になっていた。藤兵衛に聞いた

旅籠は、街道の通りから一歩脇道に入ったところにあった。

（なるほど、ここなら長逗留しても目立たぬわい）

杢之助は藤兵衛の配慮を感じながら、宿《やど》に訪《おとな》いを入れた。

二人は待っていた。二人とも、さらしで右腕を首から吊っている。まだしばらく、その状態はつづくはずである。そうなるように、真吾は刀を振るったのだ。

部屋で開口一番だった。

「お父《とっ》つぁんは！　お父つぁんたちは、あのあとどのように……」

昨夜のうちに、お島は米助から左門町の木戸番との出会いを詳しく聞いていたようだ。

「あのあと岡っ引が駈けつけたよ。いまごろ、茅場町の大番屋に引かれていなさろうか。あとは分かるだろう。ご掟法《じょうほう》に添って裁かれることにならあ」

「米《よね》さんっ、あたし、どうしょう」

「えええっ、やっぱり」

二人は顔を見合わせ、蒼ざめた。

「それよりも、親方もお仲間もお縄になったとなりゃあ、ずらかったおめえさんら、凶状持ちになったのとおなじだぜ。もう二度と江戸に戻っちゃいけねえ。生きるところはどこにでもあらあ」

「へえ」

「…………」

米助はうなだれ、お島は無言で考え込む風情になった。どこで生きようにも、人差し指と中指の先を飛ばされてしまったのでは、もう掏摸はできない。お島は骨にヒビだけで、やがては元どおりになるものの、当面は稼ぎができない。それが、考える時を与えることになる。

「因果を捨てねえ、なにもかも、な。そうすりゃあ、生きる術《すべ》もおのずと見つかろうというものさ。それだけを言いに来たのよ。儂も、もうここには来ねえ。おめえさんらも、二度と儂の前に面《つら》を見せるんじゃねえ」

言うと、杢之助は立ち上がった。

「待ってくだせえ、木戸番さん。いやさ杢之助さんっ」

「ふふふ。新たな土地で、そんな名も忘れてしまいなせえ」

言いながら襖に手をかけた杢之助に、

「やっぱり、杢之助さんも、俺たちと似たような以前が……」

杢之助はわずかに振り返り、

「前にもおめえさん、訊きなすったねえ。儂は言いやしたぜ、野暮なことは訊きなさんな……と」

　李之助は襖を開け、うしろ手で閉めた。

「あぁあ、李之助さん」

「米さん」

　背後に声が聞こえた。二人とも、追ってこなかった。


　速足で李之助が左門町に戻ったのは、太陽が中天に差しかかったころだった。書き入れ時というのに、清次が木戸番小屋の腰高障子に音を立てた。李之助は言った。

「分からねえ。あの二人が決めることだ」

「へえ」

　清次は板場に戻った。

　市ケ谷八幡の打つ昼八ツ（午後二時）の鐘が聞こえてから、李之助は信吾の手習い処に顔を出した。

「そうですか。しばらくは下高井戸で養生……発つときには、堅気《かたぎ》の夫婦《めおと》になっておればいいのだが」

「なりやしょう」

真吾が言ったのへ、杢之助は返した。

その夜、杢之助は木戸を閉めてからも、容易に眠れなかった。掻巻《かいまき》をかぶった脳裡に、もう会うこともないであろう桔梗屋伊兵衛と米助の顔が、幾度となく浮かんでは消えた。そのたびに思えるのだ。

(おめえさんらも、それぞれに因果を背負ってなさるのよなあ)

眠れぬまま、幼いおコマの笑顔もフッと浮かんでは消え、ときにはわらわ頭の太一と二重写しになった。

九

「おう、バンモク。いるかい」

源造が左門町の木戸番小屋の腰高障子を勢いよく開けたのは、その翌日だった。すり切れ畳に腰を投げ下ろすなり、

「おめえらがよ、俺にあと一歩早く知らせてたらよ、あの婆さんに大きな声など出させず、千鳥と戻しもとっ捕まえられていたにように。ま、あいつらこの四ツ谷界隈のどこかに潜んでいやがろうよ。俺が見つけ出してやりてえが、いまだかつてお縄になっ

たことのねえ二人だ。ちょいと骨が折れるかもしれねえがな」

　太い眉毛を小刻みに動かした。

「ほう。あの二人、そんなにすばしっこいやつらだったのかい」

「そうよ。だからおめえが追っかけても捕まらねえはずさ」

「そうかい。で、赤坂を仕切っている伊市郎親分とは、うまく話はついたのかい」

「それよ。千鳥と戻しに逃げられたのをなんだかんだと言い立てやがってよ。同心の旦那方から縄張御免のお墨付きを貰った俺だ。野郎にあれ以上文句は言わせねえ」

　李之助のほうへ身をよじって言う。

「あれ以上って、源造さんの癪《しゃく》に障るようなことでも伊市郎さん、言ってたのかい」

「あゝ、ぬかしやがったぜ。他人《ひと》の縄張《しま》に踏み込んで名うての二人を逃がすよりも、手前《てめえ》の縄張で別の掏摸でも挙げてみろいってな」

「あはは。そのとおりだぜ、源造さん」

「なにを笑いやがる。まったく腹が立つ言葉だぜ。あのヒョロヒョロ野郎め」

「なあ、源造さん。戻しの米助と千鳥のお島を逃がしたのは、儂にも責任があらあ。合力するよ、別の掏摸をとっ捕まえるのによう」

　李之助には算段がある。久左一家との連繫だ。

「へん。おめえはこの左門町の界隈だけをみてくれていりゃあそれでいいんだ。こんどの件は榊原の旦那が助っ人に来てくれたから、二人逃がしただけで済んだのさ。おめえ一人だったら、全員逃がしてたぜ。あっはっは」

源造は米助とお島を取りこぼしたのを、杢之助の所為《せい》にして怒っているわけでもなさそうだ。逆に、正面切って伊市郎の縄張に踏み込むきっかけになったのを感謝しているようだ。

（いい人だよ、あんたは）

話しながら、杢之助は胸中に感じていた。

源造は杢之助が気にしているだろうと、その後の赤坂のようすを知らせに来たのだ。軽業重次郎一味はやはり一晩赤坂の自身番に留め置かれ、きのう杢之助が下高井戸宿に行っているころか、茅場町の大番屋に送られていた。二、三日の吟味のあと、小伝馬町の牢屋敷に送られ、裁きを待つことになるだろう。

福老寿屋の爺さんと婆さんは、かつて馴染みの手習い処の浪人を通じて岡っ引の源造を呼んだということで、同心から〝よく気づいた〟と、お褒めの言葉をいただいたという。これには杢之助もホッと一息ついた。

源造の帰ったあと、

「あぁ、まただ」

李之助は三和土に下り、開け放したままの腰高障子を閉めた。

李之助が源造に言った〝合力〟の機会は、意外と早く来た。

源造が左門町の木戸番小屋に来てから二日目の午過《ひるす》ぎだった。内藤新宿の与市が、木戸番小屋に駈け込んできたのだ。

「かねて聞きやしたあの二人、動きだしたので尾けると大木戸をこちらへ入りやしたぜ。いまここの木戸の前を東へ。さあ」

「ほっ。ありがてえ」

李之助は三和土に飛び下りた。

与市はそれだけ告げると、

「あとは随意《ずいい》に。久左《うち》の親分も承知でさあ」

くるりと身を返し、左門町の木戸を出て大木戸のほうへ戻った。

李之助は下駄の急ぎ足で裏手から忍原横丁の通りを経て街道に出た。さりげなく街道を左門町のほうへ引き返す。

いた。確かに塩町の長善寺の通りで、米助が見破ったあの二人、口を開けて締まりのない、ふてくされた面《つら》の男と、張った頬が目尻を押し上げたような狐目の女……。他人同士のように、一間（およそ一・八米《メートル》）ばかりの間隔を開け、横ならびにゆっくりと東の四ツ谷御門のほうへ歩を取っている。

すれ違った。杢之助は栄屋に入り、すぐに出てきて二人の背後についた。同時に、栄屋からは手代が飛び出し、ふてくされ男と狐目女に怪しまれないように、裏道へ駈け込み、走った。行き先は四ツ谷御門前の御簞笥町だ。小間物屋に飛び込むと言うだろう。

『左門町の木戸番さんが掏摸を追っています。さりげなく街道に出て、左門町のほうへ向かってくださいまし』

源造は、

『あうっ』

と、すぐ動くだろう。不在なら、女房どのが代わりに出てこようか。水商売上がりの、いささか色っぽくて愛想がよく、それでいて岡っ引の女房にふさわしく、機転の利く女である。現場を押さえ、騒げばいいのだ。そのときは杢之助もついている。

人や大八車のあいだを縫うように尾けた。往来に多種な動きがあれば、それだけ尾けやすい。太陽は西の空に入り、影が歩を進める方向に落ちている。ふてくされ男と狐目女の背が明確に見える。

（物色してやがるな）

故意に間隔をとって並行する二人から看《み》て取れる。

枝道に入ればもう御箪笥町という地点まで来た。あと三丁（およそ三百米）も進めば外濠沿いの往還に行き当たる。

「おっ」

枝道からひょっこり姿を見せたのは、女房どのだった。掏摸二人組の三間（およそ五米）ほど前方だ。李之助は二人組の十歩ほどうしろに尾いている。女房どのは街道に出て左右にさりげなく視線をながしているが、西手には陽の直射を受けてまぶしそうで、李之助に気がつかないようだ。

（よし。掏《す》った瞬間に狐目女の手をつかまえ、ふてくされ男は女房どのに騒いでもらって往来の人らに押さえてもらうか）

瞬時、脳裡にめぐらせた。白昼の街道で足技を披露することはできない。

女房どのの前を二人組は過ぎた。立ちどまり、なにやら探しものをしている女を標的にはしなかった。というよりも、女房どのは髷をまとめる櫛《くし》と笄《こうがい》だけで簪《かんざし》はしていなかった。

「ふふふ」

李之助は独《ひと》り苦笑し、軽く手を上げた。女房どのが李之助に気づいた。歩み寄り、
李之助と肩をならべ、

「李さん、ご苦労さんです」

挨拶を忘れない。

「で、相手は？」

「いまおかみさんの目の前を通った……」

李之助は歩を進めながら、掏摸が男女二人組であることを話し、十歩ほど前を行く
二つの肩を顎で示した。

「分かりました」

女房どのは言うと、

「えぇ？」

李之助の声を背にまた枝道に入り、すぐ源造と一緒に出てきた。

源造は李之助とならび、女房どのはそのうしろについた。

「ふふ、バンモクよ。掏摸なら俺の面を知ってるかもしれねえ。だから女房をさきに
出し、俺がやつらの前へ出ねえようにしたのよ。男と女の二人組だってなあ」

「そうだ。さすがだなあ」

李之助は源造の措置に感心しながら、長善寺の通りで見た手口を話した。

「そりゃあ素人の与太がよくやる手だ。千鳥や戻しとはくらべられねえが、ま、掏摸には違《ちげ》えねえ。よし、派手に捕まえてやるぜ。いいか」

「あい。おまえさん」

源造が背後を振り返ると、女房どのが笑いながら応じた。

（さすが）

李之助はあらためて感心した。

外濠の往還が、もう目の前だ。二本の大きな通りが出合っているのだから、それだけ往来人の数も増えている。

「おっ」

源造が低く頷くように声を出した。外濠の往還の角から街道に出てきた娘……一人で歩いている。十六、七か、簪が陽光にキラキラ輝いている。

「ありゃあ伊賀町の家具屋の娘だぜ。ふむ」

源造は頷いた。ふてくされ男と狐目女が、娘に向かって間合いを縮めた。

「バンモク。おめえはうしろから見ておれ。おい」

「あい」

源造は二人組との距離をせばめ、その源造に女房どのはつづいた。

（ふふ、源造さん。あんたもいいおかみさんを……）

杢之助は心中に苦笑し、

（ここは一つ、見物）

決めこむと同時に、

（やりやがった）

ふてくされ男が娘とすれ違いざま、

「キャーッ」

標的が若すぎたか、派手な悲鳴を上げ、手で下腹部を押さえ前かがみになった。狐目女が娘の髪に手を伸ばした。抜き取った瞬間は女房どのの陰になって見えなかったが、つぎの刹那《せつな》、

「野郎！　見てたぞ」

源造がふてくされ男の手をねじ上げ、女房どのが狐目女の腕をつかみ、

「この人！　掏摸、すりですーう」

大声だ。

「おっ、源造さんじゃないか」

「それにおかみさん！」

声とともに、たちまち周囲に人だかりができた。もうふてくされ男も狐目女も逃れられない。同時に、李之助の出番もない。ただ人の輪の混雑のなかで女房どのが、

「李さん。お礼を言います」

言ったのへ源造は、

「おめえ、まだいたのか」

誰が知らせたか、近くの自身番から町役たちが走り出てきて、

「源造さん、お手柄！」

「これはっ、ご新造《しんぞう》さんも！」


「あははは。そりゃあおもしれえ。源造さんらしいや」

清次はさも愉快そうに笑った。夜が更け、すり切れ畳の上で李之助は清次と酌み交わしていた。さっき、おミネが腰高障子を開けて顔だけ入れ、

「――志乃さんが、清次旦那《しょうばん》に持たせるんだといって、チロリを二本も熱燗にしていましたよ。あたしもご相伴に与《あず》かりましょうかねえ」

冗談とも本気ともつかぬ表情で言い、

「——あ、。そのうちな」

「——んもう」

李之助の気のない返事に戸を閉め、下駄の音を長屋の路地のほうへ響かせていったばかりだ。

「松つぁんと竹さんが、あしたは御箪笥町のほうをながすって言ってたが、どんな話を持って帰ってくるかなあ」

「そりゃあおそらく、源造さんが掏摸を捕まえ、ご新造さんの評判もますますよくなり、きっとそこに李之助さんの名は出てきやせんぜ」

「ふふふ。それでいいのよ」

李之助は満足そうに湯飲みを干し、

「掏摸の二人もそうだったが、源造さんも女房どのと息がピタリと合っていたぜ」

話しているところへ、腰高障子が音を立て、

「鮒《ふな》を生姜《しょうが》と一緒に煮込みましたので」

志乃が三和土に入ってきた。油皿の灯芯の炎が揺れた。

盆をすり切れ畳の上に置くと、

「さっきおミネさんと話したんですけど、あたしたちも一度ご相伴に与かりましょうかって」

「それなら儂《わし》が店のほうに行ったほうがいいかもしれねえなあ」

「それじゃいつもと変わりないじゃありませんか」

志乃は返し、外から腰高障子を閉めた。近くなら提灯はいらないほど、月明かりのある夜だった。杢之助は白く浮かぶ障子戸に目をやり、

「こんどの件でも、志乃さんはよく裏から支えてくれた。おめえには……」

「おっと、それはもう耳にタコができていやすぜ。それよりも……」

清次はおなじながれのなかに話題を変えた。

「桔梗屋の伊兵衛さんとおウメもいい夫婦《めおと》でやしたが、米助どんとお島さんも、そうなりやしょうかねえ」

「それよ。赤坂の修羅場で瞬時に感じたのだが、そうなろうよ。榊原さまもそう感じなされたから、儂のとっさの判断に頷きなさったのさ。駕籠を二挺、とな」

「ならば安心でやすが。そうそう、おミネさんですが、太一のことがやはり気になるようで。一度、二人で品川へようすを見に行きなすっては」

「なにを言うか。そんなの、太一のためになるけえ」

李之助は手にしていた湯飲みから酒をこぼしそうになり、口に運んでから鮒の煮込みに箸をつけた。

天保六年（一八三五）もあと数日で夏を感じる卯月《うづき》（四月）になろうかという一日だった。〝二人で〟とは、むろん李之助とおミネとである。

皿もチロリも空になったあと、

「火のよーじん。さっしゃりましょー」

拍子木の音とともに、李之助の声が左門町の通りに聞こえた。その声と拍子木の合い間に、

（すまねえ）

李之助は、町とおミネに詫びていた。

あとがき

昨今、警察は盛んに市民へ、振り込めサギへの注意喚起とともに、「引ったくりに用心しましょう」と呼びかけている。私も歳のせいか、キャンペーン期間中に女性警官から笑顔で自転車の荷物籠《かご》に張るネットをもらったことがある。重宝しているが、こうしたちょっとした注意が実に効果的だ。ということは、当節の引ったくりには技《わざ》も芸もないということであろう。もちろん、そんなのがあっては困るのだが。

江戸時代の盗《ぬす》っ人《と》の〝芸〟としては、忍びの術や錠前外しなどが挙げられようが、掏摸《すり》も高度な芸の一つに数えられようか。むろん、褒められたものではないが、本編の第三話にその掏摸が登場する。この木戸番シリーズでは、二十二冊目にして初めての登場となるが、江戸時代に掏摸が少なかったわけではない。逆である。非常に多かった。しかもほとんどが二十歳前後と若く、四十歳《よそじ》を越してもまだ今働《いまばたら》きの掏摸などいなかったといわれている。では、なぜ数が多いのに歳を経れば激減したのか。

深夜に他人の家に忍び込み、十両盗めば殺しや傷害がなくても死罪となっていた。

それほどに江戸時代の刑罰は重かったが、掏摸の場合は稼ぎが昼間であり、軽い盗みと見なされ、盗まれるほうも用心しておれば被害に遭《あ》わなかったはずということで、初犯は掏《す》った巾着《きんちゃく》に十両入っていようが二十両であろうが、敲放《たたきはな》しで済んだ。しかもそれが二十回目であろうが三十回目であっても、最初に捕まったときが初犯とされた。他の犯罪にくらべ刑罰も軽く割もいいため、ちょいと手癖の悪いやつはこぞって掏摸になったらしい。だから数が多かった。

だが、お上《かみ》はそれを許すほど頓馬《とんま》ではない。掏摸の刑罰は四段階になっており、一回目は敲きだけで放免されても、二回目に捕まると入墨《いれずみ》となり、三回目が江戸所払《ところはら》いで、四回目でようやく死罪となった。もちろんこれは捕まった回数で、入墨になっても江戸所払いになっても、「捕まらなきゃいいさ」というわけでついつい犯行を重ね、そして死罪になる。それが掏摸の運命だったようだ。だから歳とともに数は減り、四十になってもまだ捕まらない者など、足を洗わぬ限りいなかったのであろう。

では、第三話に出てくる米助とお島はどうだったのか。この二人については、源造が「いまだかつてお縄になったことのねえ二人」と杢之助に話しており、よほどの手練《てだれ》だったことになる。ならばお島の父親の軽業重次郎《かるわざじゅうじろう》やその配下の若い衆はどうだったか。下高井戸宿《しもたかいどしゅく》で杢之助が米助とお島に、赤坂でお縄になった者たちのことを「ご掟法《じょうほう》に添って裁かれることにならあ」と話す場面を思い起こしていただきたい。そのとき〝二人は顔を見合わせ、蒼ざめた〟。重次郎たちには死罪が待ち受けていたのかもしれない。なお、ここでいう〝ご掟法〟とは、八代吉宗《よしむね》将軍のとき寛保《かんぽう》二年（一七四二）に定められた公事方御定書《くじがたおさだめがき》、別名〝御定書百箇条〟のことである。

第一話の「斬りつけた男」の冒頭は、太一がいよいよ奉公に出る場面から始まる。そこから十日ほどが経ち、木戸番の杢之助はいつもの火の用心にまわっているとき、お岩稲荷の境内に血の臭《にお》いを嗅《か》ぐ。塩町の桔梗屋《ききょうや》伊兵衛が胸を斬られて倒れていた。杢之助は忍原横丁の自身番に走ったが、一命をとりとめた伊兵衛は、事件をなかったことにしてくれと懇願する。忍原横丁の町役《ちょうやく》たちはそれを受け入れ、事件は隠蔽《いんぺい》された。杢之助は安堵《あんど》したが、伊兵衛はなぜ隠蔽したがるのかが気になり、探り出した。そこには杢之助が驚愕するような背景があった。

第二話の「ころがり闇坂《くらやみざか》」では、杢之助は榊原真吾と清次の合力《ごうりき》のもとに〝策〟を練り、許せない強請《ゆすり》を桔梗屋伊兵衛に仕掛けていた悪党の弥三郎を抹殺しようとする。しかし、躊躇の念もあった。その念を払拭し杢之助に殺しの闇坂へ走らせる要因となったのは、五歳になる伊兵衛の娘おコマの存在だった。また、弥三郎を追いつめる舞台となった鮫ガ橋の町役《ちょうやく》たちが、忍原《おしはら》横丁の町役たちと同様、事件を隠蔽し何事もなかったかのように収めたことにも、杢之助は驚嘆する。さらに岡っ引の源造までが、隠蔽に加わっていた。町役たちには町役たちの事情があり、源造には源造の打算があったのだ。

事件は終結したわけではなかった。思わぬところに桔梗屋伊兵衛の因縁が、第三話の「からまる因果」に出てくる。ここに掏摸の米助が登場する。源造は米助を尾行していたが、途中で杢之助と交代する。そこで米助は奇妙な行動を取り、杢之助は米助が伊兵衛の〝因果〟そのものであることを知る。杢之助は真吾、清次と図り、掏摸一味を一網打尽にしようとする源造の手から米助を逃がす〝策〟を講じ、さらに別の掏摸の件で源造に手柄を立てさせようと行動する。

一連の事件が落着し、清次は木戸番小屋で杢之助と一献かたむけたとき、おミネの心情を汲むよう遠まわしに話すが、杢之助には受け入れられない。それはおミネや太一のためでもあり、また杢之助の宿命でもあった。杢之助が生きている限り、その宿命はさらにつづく。

平成二十四年　春

喜安 幸夫

この作品は廣済堂文庫のために書下ろされました。

特選時代小説

KOSAIDO BUNKO

木戸《きど》の闇坂《くらやみざか》

大江戸《おおえど》番太郎《ばんたろう》事件帳《じけんちょう》 十三

2012年4月1日　第1版第1刷

著者

喜安幸夫《きやすゆきお》

発行者

清田順稔

発行所

株式会社 廣済堂出版

〒104-0061 東京都中央区銀座3-7-6

電話◆03-6703-0964［編集］ 03-6703-0962［販売］ Fax◆03-6703-0963［販売］

振替00180-0-164137　http://www.kosaido-pub.co.jp

印刷所・製本所

株式会社 廣済堂

©2012 Yukio Kiyasu　Printed in Japan

ISBN978-4-331-61469-3 C0193

定価はカバーに表示してあります。落丁・乱丁本はお取り替えいたします。

廣済堂文庫
特選時代小説

喜安幸夫
木戸の闇裁き
大江戸番太郎事件帳 一

江戸を騒がす悪党は闇に葬れ！　四谷左門町の木戸番・杢之助。さまざまな事件に鮮やかな裁きを見せる男の知られざる過去とは……。

喜安幸夫
殺しの入れ札
大江戸番太郎事件帳 二

己の過去を詮索する目を逃れて一時町から姿を消す杢之助だったが、再び町に戻り火付盗賊改方の役宅に巣食う鬼薊一家と死闘を繰り広げる。

喜安幸夫
木戸の裏始末
大江戸番太郎事件帳 三

四谷一帯が火の海と化した！　左門町の周りで巻き起こる様々な事件を解決するため、凶悪非道の徒を追って、杢之助が疾駆する。

喜安幸夫
木戸の闇仕置
大江戸番太郎事件帳 四

三十両という大金とともに消えた死体の謎！人知れず静かに生きたいという思いとは裏腹に、杢之助の下には次々と事件が持ち込まれる。

喜安幸夫
木戸の影裁き
大江戸番太郎事件帳 五

内藤新宿の太宗寺に男女の変死体が！　杢之助は事件の裏に蠢く得体の知れないものの正体を暴き、町の平穏を守ろうとする。

喜安幸夫
木戸の隠れ裁き
大江戸番太郎事件帳 六

美人と評判の印判屋の娘・お鈴とその兄の姿が見えない。この失踪の裏に事件の匂いを嗅ぎ取った杢之助は、この二人の行方を捜すが……。

喜安幸夫
木戸の闇走り
大江戸番太郎事件帳 七

左門町の隣町・忍原横丁に越して来た医者・竹林斎。人徳もあり腕もいいこの医者の弱みにつけ込み脅迫する代脈を、杢之助は……。

廣済堂文庫
特選時代小説

喜安幸夫
木戸の無情剣
大江戸番太郎事件帳　八

左門町の向かいの麦ヤ横丁に看板を出す三味線師匠・マツ。彼女を強請っている男の正体を突き止めた杢之助は、浪人の真吾と組んで……。

喜安幸夫
木戸の闇同心
大江戸番太郎事件帳　九

奉行所が各所に隠密を放ち、江戸の総浚いを始めた。果たしてその目的は何なのか！　大盗賊という過去を持つ杢之助に危機が迫る！

喜安幸夫
木戸の夏時雨
大江戸番太郎事件帳　十

水茶屋上がりのおケイという女の通い亭主・次郎吉に、杢之助は自分と同じ匂いを嗅ぐ。折しも盗賊〝鼠小僧〟が世間を騒がせており……。

喜安幸夫
木戸の裏灯り
大江戸番太郎事件帳　十一

四谷の賭場の胴元・政左は、杢之助が並の木戸番でないことを見抜き仲間に引き入れようとするが、杢之助は裏をかいて政左を追い詰める。

喜安幸夫
木戸の武家始末
大江戸番太郎事件帳　十二

飯田町の呉服商の息子が誘拐され、水死体となって発見された。続いて左門町でも誘拐騒ぎが起きるが、杢之助はそれを狂言と見破り……。

喜安幸夫
木戸の悪人裁き
大江戸番太郎事件帳　十三

小間物屋の夫婦喧嘩が毒殺未遂事件へと発展した。町の平穏を守るため杢之助は、小間物屋の女房殺しを請け負った男を秘密裡に逃がすが……。

喜安幸夫
木戸の非情仕置
大江戸番太郎事件帳　十四

左門町に迷い込んだ幼な子と、板橋宿で起きた伝馬屋一家殺害事件との間に関連があるとみた杢之助は探索に乗り出す。

廣済堂文庫
特選時代小説

喜安幸夫
木戸の隠れ旅
大江戸番太郎事件帳 十五

左門町に越してきた浪人一家には忠弥という五歳の男の子がいたが、その子がさる大藩の御落胤であったことから、騒動が巻き起こる。

喜安幸夫
木戸の因縁裁き
大江戸番太郎事件帳 十六

麹町で二人のヤクザ者に店の主人が殺される事件が起きた。荷運び屋の佐市郎がヤクザ者と意外な接点を持っていることを知った杢之助は……。

喜安幸夫
木戸の闇仕掛け
大江戸番太郎事件帳 十七

玉川で獲れた初鮎を将軍家へ献上する鮎道中を妨害しようとする者がいるという噂を聞きつけた杢之助は、自ら担ぎ役となって街道を走る。

喜安幸夫
木戸の口封じ
大江戸番太郎事件帳 十八

阿漕な高利貸しが行われているという噂の蓮青寺に盗賊が入るが、杢之助はそこにある旗本の子の仇討ちがからんでいることを知り……。

喜安幸夫
木戸の悪党防ぎ
大江戸番太郎事件帳 十九

老舗割烹の主が通う妾宅に不審な男が出入りしていた。その身辺を探るうちに、杢之助は男が大店を狙う盗賊一味ではないかと疑念を抱く。

喜安幸夫
木戸の女敵騒動
大江戸番太郎事件帳 二十

左門町の木戸番小屋に刀疵を負った侍が担ぎ込まれた。騒ぎを避けるため杢之助は隠密裏に介抱するが、侍が武家の妻の間男と分かり……。

喜安幸夫
木戸の鬼火
大江戸番太郎事件帳 二十一

深夜の赤坂に人魂が浮かび、火付け騒動があった。騒ぎに乗じて大店から大金を強奪する計画が進行していることを知った杢之助は……。